PAUSE!
DAS KURZE
GLÜCK
DAZWISCHEN

著 ——————— [德] 安德烈娅·格尔克

休息
不羞耻

译 ——————— 朱　颜

中信出版集团 | 北京

图书在版编目（CIP）数据

休息不羞耻 / (德) 安德烈娅·格尔克著；朱颜译. --
北京：中信出版社, 2025.1. -- ISBN 978-7-5217
-7060-5

Ⅰ. I516.65

中国国家版本馆 CIP 数据核字第 20249PD154 号

PAUSE - Das kurze Glück dazwischen
By Andrea Gerk · & Moni Port
Copyright © 2023 by Kein & Aber AG Zurich – Berlin. All rights reserved.
Simplified Chinese translation copyright © 2024 by CITIC Press Corporation
ALL RIGHTS RESERVED
本书仅限中国大陆地区发行销售

休息不羞耻
著　　者：[德] 安德烈娅·格尔克
译　　者：朱颜
出版发行：中信出版集团股份有限公司
（北京市朝阳区东三环北路 27 号嘉铭中心　邮编　100020）
承 印 者：北京盛通印刷股份有限公司

开　　本：787mm×1092mm 1/32　印　张：6　字　数：105 千字
版　　次：2025 年 1 月第 1 版　　　　印　次：2025 年 1 月第 1 次印刷
京权图字：01-2024-5449　　　　　　书　号：ISBN 978-7-5217-7060-5
定　价：59.00 元

版权所有·侵权必究
如有印刷、装订问题，本公司负责调换。
服务热线：400-600-8099
投稿邮箱：author@citicpub.com

前 言

没有什么比休息更能帮助我们前进了。

——伊丽莎白·芭蕾特·布朗宁

Pause（暂停，停顿，休息，间歇），中古高地德语为 pûse，与低地德语 poos 和英语 pause 同源，借自法语 pause，源自拉丁语 pausa，后者又来自希腊语 παῦσις。一般指某种可再次进行的活动的中断；各种事物的休息、停顿等。

——格林兄弟《德语词典》

当窸窸窣窣的声音响起，第一批人从睡袋里爬出来时，还是半夜。地板发出嘎吱嘎吱的响声，耳边不时传来窃窃私语，背包也被收拾妥当。客房里提供简单的早餐：茶或咖啡、果酱三明治和麦片。迅速给水壶加满水，然后出发。登山老手说，如果你想爬得更高，清晨的时光是最合适的。

的确，空气依然寒冷，但每向上攀登一步，太阳就会慢慢从山的背后升起。在到达山顶之前，要一步一步、一小时一小时地攀登，直到最后放下背包，拿出给养，从山顶俯瞰整个世界。

在山顶的休息是最美好的，特别是在此之前历尽艰辛，并最终实现了目标。或者是一头扎进水里，感受那些让我在尘世间生活如此艰难的思绪，在这不同的元素中经过每一次有力的挥臂而被抛诸脑后。抑或有时在火车上产生一种奇异的平静，我除了观看风景像电影画面一样快速掠过，无事可做。

我的丈夫喜欢躺在床上；我们的女儿们喜欢通过电子设备放松；我的一位同事则觉得没有什么比在按摩时

被揉捏、暖身和呵护更好的了，这却会让我相当紧张。有些人则通过打理自家园圃、钓鱼、参加足球俱乐部、躺在沙发上或散步来放松——无论是独自一人还是牵着驴子，散步都是我的一位女性朋友最喜欢的消遣方式。

每个人对于什么是良好的休息都有自己的定义，它能让人精神焕发、恢复体力，理想情况下还能激发灵感。上文也讲述了我们每个人喜欢如何休息。如今，你遇到的几乎每个人都在感叹"我真的需要休息一下"，这一点也反映了我们的社会及其价值观。

通常，休息只是指一个长周末：睡上两三天的懒觉，逃离日常琐碎的事、工作和家庭的要求，想做什么就做什么。但有时，我们也梦想着能有真正的休息：也许是休假两三个月，再次周游世界，就像我们在完成学业后曾经做过的那样；也许是在山间牧场度过整个夏天；或者是在尼泊尔的寺院里住上一段时间，在那里，我们可以体验到不同于快节奏生活的另一种生活方式。

我们对假期的幻想往往反映了我们所缺失的、与日常现实形成鲜明对比的东西。只有假期才能让人感受到它与工作日的差异十分明显：住在城市里的人渴望到乡间休息，而住在郊区的人则觉得城市的喧嚣更能激发灵感；如果工作时有很多交谈，人们对安静的渴望就会增加，而在家工作的人可能会怀念与人交谈和有人陪伴的日子。

显然，我们忘记了如何定期休息，因为喧嚣早已将我们淹没。自2013年以来，与压力有关的疾病（如疲惫、背痛和睡眠障碍）数量增加了30%。德国公立科技人员医疗保险公司（Techniker Krankenkasse）于2020年进行的一项调查结果显示，每四个人中就有一人感到压力越来越大，有孩子的家庭比没有孩子的家庭压力更大，其中在家工作的单亲父母受到的影响最大。

我们生活在一种"动荡的文化"中，这是哲学家拉尔夫·科内斯曼的诊断。他在《世界的躁动》（*Die Unruhe der Welt*）一书中指出，暂停的目的不再是为了休闲，而是为了恢复我们的工作能力："休息是我们应得的间歇，但前提是不切断与喧嚣的联系。"用切断、关机、释放等来自技术领域的常见词汇作为比喻，说明把休息作为一种放松是具有技术含量的。无所事事、百无聊赖、懒散怠惰等词语不再像以前那样，被以斯多葛学派为代表的古代哲学家因其本身的意义就断然赞美，而是被认为因具有生产力和创造力所以值得推崇。我们甚至"将闲暇也视为一种积极的躁动"。不论在实际意义上还是象征意义上，我们都不再有真正的休息。

我们为何不"干脆接受世界的现状"，让躁动无处不在，使之成为一种常态，就可以在短时间内忘掉躁动，但同时躁动再也无法被消除，这就是科内斯曼所探讨的引人深思的问题。阅读他所撰写的复杂著作也难以一蹴而就，因为需要闲情雅致与专心致志。

在工业化之前，工作与休闲的关系与今天不同：季节、天气和宗教节日决定了工作节奏；休息不是标准化的时间间隔，而是取决于工作量。直到19世纪，在工业化进程中，机械钟表才成为规范和掌管时间的最重要工具。

但是，在一切都受到管制和监控的情况下，休息可能会成为一种颠覆和反抗的行为。在屏幕前做白日梦、在办公桌上偷偷打盹或在茶水间里肆意聊天，都可以被解读为对工作时间不合理要求的抵制。在这种偷偷"摸鱼"的行为中,与其说是懒惰,不如说是小任性。"与雇主的过分要求保持距离,但并没有发展出对这类从属关系的进一步抵抗。"民俗学家加芙列拉·穆里在《暂停！从日常文化的角度来看时间制度和休息》(*Pause! Zeitordnung und Auszeiten aus alltagskultureller Sicht*)一书中这样写道。

休息除了可能带来潜在的混乱,它对于几乎所有生物的生存都是必不可少的。人类需要睡眠来休息、调养,这样新陈代谢、免疫系统和许多其他身体机能才能在安静休息时工作。在动物世界中,蝙蝠、土拨鼠和刺猬等物种会冬眠数月之久。

树木落叶进入休眠期,大部分植物都是如此——只要我们人类不破坏自然。让土地无休耕、超市货架上永远有草莓,种种行为营造了植物全年生长的假象。时间研究者卡尔海因茨·盖斯勒在他的《赞美休息》(*Lob der Pause*)一书中指出:"在征服地球的过程中,人们越来越努力主动和被动地摆脱自然节奏。"

休息不仅仅是身体上的需要，它也是一位很好的老师，教你不要把自己看得太重，因为允许自己和他人休息一下，这也是一种尊重。哲学家艾丽丝·拉加伊解释说："基本上，等待、无所事事或休息是练习死亡的一种方式，而且是一种积极的事情，因为人们能够学习或体验到不必总是积极参与或冲锋陷阵是什么感觉。"人们得以用一种冷漠的姿态——就好像自己并不存在一样——来体验这个世界，这可能是一种不愉快的经历，因此我们试图通过持续的活动和生产来分散自己的注意力。

休息是一件矛盾的事情。如果它不期而至，我们会难以忍受；如果它没有出现，我们又会怀念它。但是，有谁真正知道如何正确地休息，或者为什么会有一个完整的休闲业体系，以及数不清的相关指南、播客和应用程序？我的一位同事告诉我，他最近开始在回家的路上练习如何休息：他坐在公园里，强迫自己不要马上去解决手边的问题，也不要急着去购物，而是就坐在那里，什么也不做。这种感觉太棒了，也很有帮助。为什么如此简单的事情会让我们觉得困难呢？

事实上，我们很少关注休息，这可能是它不引人注目的性质造成的。它就像天空中一朵如棉絮般的白云，几乎不被人注意地变幻、飘浮；它就像在两个紧张的工作阶段、歌剧的第三幕和第四幕或学校的第五节课和第六节课之间短暂的间歇，几乎不为人所察觉。议会议员、德国足球甲级联赛（简称"德甲联赛"）球员或电视剧《犯罪现场》演员的夏季假期转瞬即逝。然而，时不时我们也会被迫忍受一些难熬的暂停时刻，比如火车晚点，或者在比赛正精彩时裁判吹响了中场休息的哨声。在这些时候，我们会感受到暂停的分量，它远不止中场休息那么简单，因为在这期间，一切都有可能发生，一切都还可以从头开始。

暂停创造了一个空间，让我们感受到生命的活力和变化。暂停使一些事情得以发生，并且让我们能够注意到这些事。正如滚石乐队吉他手基思·理查兹在一次采访中所说："我的画布是沉默。如果你过多地填充这种沉默，问题就会开始出现，最终一切都会被愚蠢挡在路上。"

没有休止，就没有音乐。仅此一点就足以说明一切。

目 录

午休 —————————————— 1

暑假 —————————————— 6

放空 —————————————— 12

解手时间 ———————————— 16

喘口气 ————————————— 20

课间休息 ———————————— 24

加餐面包 ———————————— 28

中场休息 ———————————— 33

音乐休止 ———————————— 38

中场音乐 —————————— 44

抽烟时间 —————————— 47

其他人的休息 1：菲卡 —————— 51

创作休息 —————————— 54

剧院中场休息 ————————— 58

休息室 ——————————— 62

休息室 1：门厅 ———————— 65

谈话间隙 —————————— 68

其他人的休息 2：下午茶时间到了！ —— 72

自然休息 —————————— 77

休息室 2：食堂 ———————— 80

"摸鱼" —————————— 83

活动休息 —————————— 86

休息日 ——————————— 91

蓝图 ———————————— 94

最喜欢的休息 1：游泳 ————— 98

半睡半醒间 ———————————— 102

广播中断 —————————————— 105

广播暂停信号 ————————————— 109

最喜欢的休息 2：白天去看电影 ———— 113

喝咖啡的休息时间 ————————— 116

冬眠 ———————————————— 121

休息室 3：高速公路服务区 —————— 125

其他人的休息 3：静居日 ——————— 130

目的地：休息 ————————————— 133

讲话时的停顿 ————————————— 135

艺术小憩 —————————————— 139

其他人的休息 4：桑拿 ———————— 145

更年期 ——————————————— 149

停火 ———————————————— 152

意外休息 —————————————— 155

孔洞和缝隙 ————————————— 159

关系间歇期 —————————— 163

紫色休息 ———————————— 167

自我休息 ———————————— 172

参考文献 ———————————— 177

MITTAGSPAUSE

午休

和同事一起去食堂吃饭,在公园里散步,或者像著名照片《摩天楼顶上的午餐》中的 11 名建筑工人那样,双脚悬空坐在离地约 250 米、令人头晕目眩的钢梁上……度过午休时间的方式数不胜数,由于压力和紧张,坐在电脑前随便吃个三明治肯定是最糟糕的方式之一。因此,一些公司试图激励员工进行"积极休息",并提供健身,练习体操、瑜伽或冥想的场地。其他人则赞成小睡一下,即短暂而有效的午睡。我最喜欢的汉斯叔叔就会在休息室的长凳上伸个懒腰,把头靠在饭盒上小睡一会儿,直到工厂的警报声再次把他和同事们叫醒。在中国香港,人们工作时间长、通勤距离远,几乎没有可以放松、休息的地方,有一间所谓的 2 平方米"胶囊旅馆"每小时收费 17 欧元(约合人民币 135 元)。毕竟,那里还经常提供模拟日落服务,帮助你进入梦乡。在绩效至上的社会里,人们必须能够负担得起休养生息的价格。

从历史上看,中断工作来短期休息和恢复劳动力是一个相对较新的行为。在工业化之前,工作和休闲是紧密相连的,季节、天气和工作量决定了工作节奏。在农业领域,人们夏天的工作时间比冬天长,工匠有他们可以休息的蓝色星期一[1]，每个人在宗教假期和星期日都会休息。

随着工业化的开始，这种情况发生了变化。工厂里的人工作14~16小时，自然没有休息时间。1839年，经王室批准的一项普鲁士国家法规规定，儿童每工作10小时，就应该有1.5小时的休息时间。但这一规定不太可能得到遵守。

由于工会的努力，工人的工作时间才得以全面缩短，并有了定期休息的权利。1873年，德国书籍印刷协会首次在集体协议中规定了休息时间："每天工作时间为10小时，其中包括15分钟的早餐时间和15分钟的加餐时间。"1994年颁布的《工作时间法》准确规定了现如今每个工作日的最低休息时间，而且根据行业的不同，增加了各种额外的休息时间，例如所谓的"屏幕休息时间"和"石料冷却休息时间"，金属行业的计件

---

[1] 蓝色星期一（Blauer Montag）指周一（无故）不上班。它最初可能是指大斋日开始前不上班的星期一，这一天的宗教礼仪颜色为蓝色。之后，很多小型企业会在周一给工匠们放假，以对周末加班进行补偿。德语中还用"blaumachen"这个动词来表示旷工、旷课等。——译者注，下同

工人可以多休息 5 分钟。不同的工作有不同的休息规定和仪式，不同国家也有不同的休息习俗：瑞典人有神圣的咖啡休息时间（见"其他人的休息 1：菲卡"章节）；法国人喜欢延长午休时间；据说英国人会在 11 点左右喝茶；而中国人和日本人则饮绿茶来放松；在西班牙，最近发生了一场支持三明治休息时间的罢工，工人试图争取 11 点半吃第二顿早餐。

无论休息时间是长是短，我们都应该享受它、度过它，就像罗伯特·瓦尔泽在散文《午休》（*Mittagspause*）中描述的那样：在一个炎热的夏日，主人公躺在苹果树下的草地上，任由愿望在脑海中流淌，梦想着来自天堂的甜蜜之吻，他不愿"离开草地、树、风和美丽的梦"，但他最终还是回到"凉爽舒适的办公室"，"兢兢业业地工作到下班"。梦境般的灵感让他神清气爽，也让他意识到"世界上一切让心灵陶醉、让灵魂愉悦的事物都是有限的，就像一切让我们恐惧和不适的事物一样"。

SOMMERPAUSE

暑
假

那是一个一生可能只有一次的夏天。

我希望每个人都能拥有这样一个夏天；

在这样的一个夏天里，一切都会改变。

——埃瓦尔德·阿伦茨

议会夏季休会期间，高层政客要么在轻松的户外环境中接受采访，要么被敏锐的狗仔队抓到徒步旅行：奥拉夫·朔尔茨与妻子漫步在德国南部的东阿尔高县，前总理安格拉·默克尔与丈夫绍尔教授在南蒂罗尔或者意大利伊斯基亚岛度假，还不能忘记赫尔穆特·科尔每年前往奥地利圣吉尔根附近的沃尔夫冈湖的旅行。后者之所以会被载入史册，只是因为1998年这个大选年，离经叛道的艺术家克里斯托夫·施林根西夫和他的政党"机会2000——将失败视为一种机会"紧随当时的总理来到度假胜地圣吉尔根，并邀请了600万失业人员一起在沃尔夫冈湖游泳，让溢出来的湖水淹没总理的度假小屋。

即使这并没有完全奏效，但"在沃尔夫冈湖游泳"在艺术乐趣和媒体效果方面无疑是一部无与伦比的消夏解暑作品。因为暑假和"夏季低迷"(Sommerloch)是密不可分的，可以说是精神上的姐妹：一旦暑假开始，相应的低迷期就开始了，为像施林根西夫这样的真正艺术家、享乐主义者，尤其是动物们[1]提供了一个独特的舞台。

由于政客们都在休假、徒步，学生和他们有工作的父母也在放假，因此记者们实际上也可以休息一段时间。但网页和电视节目希望依旧能被排满，因此，2010年，奥博豪森水族馆的章鱼保罗被安排"预测"谁将赢得世界杯。1994年，短吻鳄萨米让德国多尔马根的居民感到紧张，因为来采石场旁边湖里游泳的游客将短吻鳄误认为体型巨大的鳄鱼。据说，2001年在德国门兴格拉德巴赫，巨型鲇鱼库诺在人民公园的池塘里吃掉了腊肠犬及其项圈，但这件事就像苏格兰尼斯湖的夏季经典传说——尼斯湖水怪的存在一样从未被证实。2022年，一只无人看管、自由跳跃的袋鼠让德国海因斯贝格的人们保持警惕。

---

[1] 在夏季低迷期，新闻量锐减，因此媒体会对平时不可能成为新闻的事件大加报道。其中，围绕动物展开的报道尤其受欢迎，这些动物通常是出逃或被遗弃的非本地动物。

所以，在夏季低迷期也还是发生了很多事情，这很好，毕竟德甲联赛在休赛期，《犯罪现场》也只有重播。休息还有一个作用，就是激发人们对一切的期待。如果没有中断的话，一切都会显得更加乏味。原则上，不间断的球赛、不结束的节目或无休止的政治几乎就相当于永远不老不死，没有人真正希望这样。

除非他或她才十五六岁，还处在青春期，一脚着地，另一脚悬空，不仅知道快速奔跑或糟糕的成绩会让人心跳加速，也体验到了穿着绿色泳衣的女孩会让人心跳加速。这就是埃瓦尔德·阿伦茨的小说《盛夏》(Der große Sommer) 中弗里德的境遇。这本书从文学的角度很好地说明了夏季低迷现象的深远影响。在放假前不久的一段开放且不确定的时间里，童年实际上已经结束，但你仍在苦苦支撑，因为"以后"的生活尚未开始，向成年的过渡还未完成。无论是埃瓦尔德·阿伦茨的《盛夏》、本尼迪克特·威尔斯的《硬地》、沃尔夫冈·赫恩多夫的《齐克》(Tschick)[1]，还是卡森·麦卡勒斯的经典之作《弗

---

[1] 二十一世纪出版社 2014 年出版该书中文版时将书名译为《公路少年》，主人公 Tschick 译为齐克。2016 年根据该小说改编的电影中文名则被译为《契克》。后文统一译为《齐克》。

暑假

兰基》(*Frankie*)，炎热与无聊的暑假正是成长小说中故事发生的理想时节。因为正是没有了来自学校课程的压力，时间突然自由充裕了，才会发生意想不到的事情：初恋、初吻以及随之而来的所有悸动和焦虑。如果不是放假，一切就不可能以如此强烈的方式发生。

DENKPAUSE

放空

大脑在夜间更活跃，在最不需要它的时候往往表现得最糟糕。当你辗转反侧时，脑子更像是一团乱麻。如果你正试图表现得庄重虔诚，比如在葬礼上，大脑反而会给你带来一个特别有趣的想法。当你正准备享用一顿美味的米其林三星大餐时，大脑会跳出来提醒你世界上还有很多人饱受饥荒之苦。思想有着如此强烈的生命力，以至于它们有时看起来就像不速之客，或是来自另一个星系的奇怪入侵者。

当然，从另一方面来看，当你需要理解并最好能够解决问题时，思想又总是变得稀缺。思想无法像机器一样被打开或关闭，它们在情绪的过山车上肆无忌惮地狂奔，或蜂拥而至，或停滞不动。

正因为思想如此任性，所以每个人或许都曾希望，要是能偶尔有一个暂停键，可以让思绪轻松而随性地停下来就好了。事实上，的确有各种技巧可以让人停止胡思乱想，虽然不是按一下按钮就能实现，但至少可以缓慢而稳定地停止：冥想、自生训练法、数羊、酗酒、滥用麻醉品、过度运动、刷剧，抑或谈一场恋爱。

当"放空"被作为一种教育措施运用于儿童，或如英国体育记者加里·莱因克尔这样独立思考的人时，这个概念的矛盾之处就变得尤为明显。莱因克尔不仅可以自由评论体育赛事，还可以随意评价英国保守党政府的难民政策，他将其描述为针对最弱势人群的"无比残酷的政策"，"其内容与20世纪30年代的德国并无二致"。由于加里·莱因克尔通过这种方式证明了他有自己的想法，英国广播公司（BBC）命令他停职一周用来进行"放空"。广播公司领导们的意思肯定不是让他们的明星记者面对墙壁，大脑放空7天，规定的"放空"是迫使一个人改变想法、面壁思过的无奈尝试，因此其实与"休息"的内涵恰恰相反。这位当红记者被公开宣布并引起激烈争论的"放空"，导致半个英格兰的人就庇护政策、言论自由、足球和其他重大问题展开辩论，这显然是"放空"的对立面。

然而，如果你力求让自己的大脑完全平静下来才能最终入睡，那么或许你要把想法放在大脑的某个角落里，第二天早上甚至两天后再重新拾起来，可能会有所帮助，这是德国哲学家哈特穆特·罗萨的想法。而英国作家萨曼莎·哈维则信誓旦旦地说要把头浸入冷水中：

"把头浸入水中可以阻止那些让我彻夜难眠的循环思考。我突然不再是一个罹患失眠、满身问题的人,而是一位被水洗礼过的人,变得充满活力。也许不是每个人都有这种感觉,但它拯救我于那些夜不能寐的黑暗时光。因为在白天置身湖中,在那种轻松的氛围中,也许还有鸟儿从头顶飞过,对我来说是一种神奇的治愈体验。"

所以,这些令人渴望的喘息机会是真实存在的——有的是在冰冷的水中,有的是在大脑的某个角落,它可以让人从烦恼的思绪中解脱。

PINKELPAUSE

解手时间

> 定义：在徒步、乘车等途中为解手而休息的时间。
>
> ——《杜登德语大词典》

对有些人来说，解手是一项社交活动，而另一些人则喜欢独自完成。在长途汽车旅行或剧院看剧时，整个群体通常必须保持同步行动，而有些人甚至从来没在森林里独自解手过。男士可能会在公共场合无拘无束地解手，而大多数女士会选择更隐蔽的地方。

无论在哪里、以何种方式解手，憋的时间越长，解手时带来的快感就越强烈。这种效果在幸福感排行榜上名列前茅。可以这么说，就算解手不是因为身体的必需，也有可能是出于内心的需要。毕竟，"你必须为此去某个地方"的暗示能带来各种社交退路——无论是在充满矛盾冲突的家庭环境中，还是为了尽可能轻松自然地结束约会。或者，就像在惊悚犯罪片中屡见不鲜的那样，从厕所窗口快速逃离长期的监禁。

解手时间就像罗马神话中的雅努斯[1]在休息一样，集职责和自由活动于一身。

大概正是因为解手的幸福潜力很高，所以每个人都能记住特别痛快舒爽的小便时刻或尿裤子的糟糕时刻。事实上，你可能还会谈论你一生中成功和失败的小便经历：你还记得第一次去法国度假时，不知道该如何使用蹲厕吗？还记得那次我们再也无法憋尿，把车停在路边，蜷缩在车门后面解手，听卡车司机按喇叭的情景吗？我永远不会忘记童年时的长途旅行，那时父亲最关心的是如何不停留，尽快到达目的地。由于他每周都要在全国各地出差，停车场的野餐区或服务站的自助餐厅对他来说没有任何吸引力，而我却希望一生中至少能在这些地方停留一次。他只想赶快抵达目的地，并在2周后离开那里。

那时，不仅是我的父母，几乎所有的人都在开车时吸烟，因此没有必要把吸烟时间与其他需求结合起来。

---

[1] 雅努斯（Janus），一译坚纽斯，是罗马神话中司掌门户出入和水陆交通的神，他有两副面孔，一个在前，一个在脑后，俗称两面神或双头神，表示既可瞻前又可顾后。

我和母亲最多每隔 6 个小时就可以在味道难闻的停车场解决一下,然后继续上路。如果遇到交通堵塞,憋尿有时几乎让我们无法忍受,但又不能在公路防撞栏后面悄悄解决,因为这样会被罚款,而且根据道路交通法规,只有在车辆发生故障时才能这样做。

通过这些每年数次的"修炼",我们真正掌握了所谓的"憋尿技巧",而且老实说,我们至今仍受益匪浅。尽管当时这些耗费心力的忍耐练习让人痛苦不堪,但事实证明,它们在今天同样有用。多亏了这些年跟随父亲对小便时间的严格管理训练,我才能轻松避免由未经许可使用饭店厕所而引发的羞辱性争论,不需要支付高得离谱的费用仅为去方便一下,也不用在肮脏的流动厕所前排几个小时的队,或者与整辆巴士上的乘客一起在公共厕所前坐立难安地等着小便。

ATEMPAUSE

喘口气

法国艺术家马塞尔·杜尚在70多岁的时候曾自诩，他的一生都在赞美"艺术中的懒惰"。他是第一个把小便池这种世俗的日常用品放进博物馆里的人，他用现成品引发了20世纪无数的艺术运动，创造了无数艺术形式。在此之后，他宣称自己相比工作更喜欢呼吸："我把时间都花在了呼吸上……我是一个呼吸者（respirateur）。我非常享受这种感觉。"

显然，杜尚喜欢的是自由自在地做事，偶尔发挥创造力，不给自己持续的压力，并始终都有成果。他在物质上自给自足、谦虚谨慎（"下棋，喝一杯咖啡——24小时就都有事可干了。"），不需要强迫自己工作，偶尔设计出一件独具匠心的艺术作品。他的生活惬意而舒适。

如今，大多数人只能梦想着这种轻松的生活态度。在我们这个喘不过气来的时代，"喘口气"成了一个令人向往的词，这不是没有道理的。放松练习、咖啡馆和自然疗法都以此命名，几乎每个你遇到的人都会告诉你，他们多么迫切需要喘口气、歇息一下。关于为什么没法喘口气，为什么我们要在所谓的空闲时间从一个自我设定的目标匆匆赶往下一个目标,而不能随心所欲地休息一下,人们已经思考了很多,也写了很多。

当然,喘不过气的现象并不新鲜。早在1980年,杜塞尔多夫市德国之声电台"虚假颜色"(Fehlfarben)乐队就在他们的歌曲《这一年(还在继续)》[*Ein Jahr (Es geht voran)*]中悲观地宣称:"没有喘息的时间,历史正在被创造。"这首歌成为德国棚户区居民的颂歌,尽管主唱彼得·海因和该乐队的其他成员更多的是在思考20世纪70年代末的沉重情绪,而非对社会的批判,但是,一旦这样的文本流传于世,每个人当然都可以随心所欲地加以诠释。这同样适用于德国歌手海伦妮·菲舍尔的大热作品《彻夜难眠》(*Atemlos durch die Nacht*),这首歌曲讲述了某种形式的夜深人静有时是多么令人振奋。(顺便提一句,旧金山歌德学院用这段朗朗上口的歌词帮助学习德语的人学习诗人和思想家的语言。)"喘不过气,从眩晕中解脱,巨大的电影院里,此刻只有我们两人在"——如果像歌词里暗示的那样,你们"在这座城市的大街小巷和俱乐部里漫游",那的确可能最后会让人喘不过气来。然后,你因为欢庆而精疲力竭,沉沉地睡去,此时的你应该像新生儿一样尽可能均匀地呼吸。睡觉时，每小时呼吸暂停超过 5 次的人患有呼吸暂停综合征，这可能导致严重的健康问题，长此以往，还会变成两人分房睡。毕竟，危险的呼吸暂停往往只因在两阵剧烈的呼噜之间那几秒钟的死寂才会被注意到。如果之后呼噜声仍在继续，睡在旁边的人很快就会出现各种情绪，从如释重负（还活着！）到生气愤怒（终于安静下来了！）。在大多数情况下，唯一有用的办法就是拿上毯子去别的房间睡，最后干脆就直接分房睡，40% 的同居情侣都决定这么做。顺便提一下，行为生物学家温迪·特罗克塞尔在一项研究中发现，这似乎并不会影响夫妻生活。在接受调查的分开睡的伴侣中，34% 的人表示他们的性生活比分床前更多更好，38% 的人甚至觉得他们的夫妻关系本身都有所改善。这也不足为奇，毕竟在自己的卧室里，人们不仅可以睡觉，还可以尽情阅读、偷偷看连续剧、敷着面膜打瞌睡、不被别人打扰地发呆。简言之，两个人的关系得到短暂的解脱与休息后，反而能变得更加和谐亲密。

SCHULPAUSE

课间休息

如果你是一只快乐的小鸟，能够在课间飞过校园，那么一定可以看见各式各样的课间活动：一个角落里有人在踢球；另一个角落里有学生在谈论他们的老师和同学；还有一个同学正在追抢另一个同学的午餐；灌木丛边，有人在匆忙地赶作业；一群特别的孩子像是小鸡在梯子上排成一列那样，每天在篱笆边排队，大声讨论着饭盒里的食物；教导主任站在楼梯最高处，敏锐地扫视着眼前的一切；门卫站在校园的西南角警告着学生；小卖部门口排起了长队，一直延伸到了院子里，以至于最后一批人在铃声响起前才得知，他们最喜欢的小熊软糖已经卖完了。在操场的边缘，在带刺的篱笆后面，在攀爬架下面的洞里，或者在厕所里，学校里的边缘人物等待着课间休息的结束。就像迈克·克林根贝格的朋友齐克，也就是同名书《齐克》的主人公，或是《麦田里的守望者》的主人公霍尔顿·考菲尔德——在现实的学校生活中，没有人愿意和他们交朋友，而他们作为小说中的人物却受到狂热的喜爱和崇拜。如果没有学校、学生宿舍，也不再有令人期待的课间，儿童文学和青春文学又会是什么样子呢？在这些令人翘首以盼的课间休息中，在这些 15 分钟、20 分钟或 30 分钟里，一切真正重要的事情都可能发生！

英国作家罗尔德·达尔笔下聪明可爱的玛蒂尔达在开学第一天就找到了她的休息伙伴拉文德。而德国作家约翰内斯·赫维希笔下的主人公萨沙则设法在操场的垃圾桶里引爆了一枚烟幕弹，就这样通过了勇气考验。即使设施每隔几年就会更换一次，但学校一直都是这样，正如17岁的弗里德在埃瓦尔德·阿伦茨的小说《盛夏》中所想的那样："我喜欢这个校园。80年前，学生们曾站在这里的栅栏前眺望对岸，我莫名喜欢这样的画面。当时的样子和现在一模一样。"

可能只要还有学校，即使老师曾经是用手中的铃铛指挥上下课，下课铃声始终都会为那永远都精彩纷呈的戏剧拉开序幕，酷的人可以展示他们有多酷，小情侣们可以眉目传情，或者——如果他们特别勇敢的话——直接交换字迹潦草的纸条，在上面讨论生活中大大小小的问题：他爱我吗？他不爱我吗？你想和我一起走吗？情感和想法都浓缩在了这些纸条上，这就是学校日常生活中的亚文化。除了课表和成绩压力，归属感和等级制度也是在这里协商的。"课间休息时，我能和你们一起跳皮筋吗？""海蒂说不可以！"这两张纸条出现在法兰克福通信博物馆举办的一次展览中，一位教师平时收集了

150 封学生信件，这是其中的两封。这真是一笔财富！

课间休息是一个小世界：孩子们玩耍、跳舞、嬉笑、打闹，会缔结一生的友谊，也可能在第二天泪流满面地结束这段关系；冬天雪球飞舞，夏天水弹横飞。而休息时间真正要做的事情——吃饭和放松——则被放在一边，甚至根本不做。毕竟，课间是为了更重要的东西，也就是为了上述所有的一切。

PAUSENBROT

加餐面包

那是大千世界的味道：全麦面包，上面放沙拉、烤牛肉和蛋黄酱，或者奶酪和番茄干。各种风味的组合和舌头上的味蕾爆炸，让我在学生时期第一次感受到了社会差异。在此之前，我的学生时代一直被芝士酱和麸皮面包上的切片香肠和火腿片所占据。事实上，这种异国风味面包的主人来自一个国际飞行员家庭，他们定居在我们的小镇上，因为这里离机场很近。他们的亲戚、孩子们不仅在假期后抛出了我们从未听说过的地名（亚利桑那！卡尔加里！约翰内斯堡！），还在我们依旧啃普通面包片时带来了外国的点心和三明治。令人惊讶的是，由我们的母亲拼凑起来的、往往索然无味的食物，对这个美食家家庭来说似乎并非完全没有吸引力。总之，我们两个家庭来回给对方做了好几次食物。我的奥地利朋友克里斯蒂安也说起他的一位同学是屠夫的儿子，每次十分乐意用美味的火腿三明治与最普通的奶酪面包交换。这是一个典型的双赢局面，有力地证明了不同社会阶层或环境之间的交流是多么容易和富有启发性。

如今，午餐便当及其包装比以往任何时候都更能体现家庭环境的不同：一边是用优质铝制成的餐盒和不含双酚 A 的水瓶，另一边则是塑料袋装的面包和德国果倍爽浓缩果汁饮料。当一些人疲惫不堪地为自己的孩子准备两片白面包时,另一些人——那些有能力的人——则会先制作创意午餐,然后再开始工作。但无论如何准备都是徒劳的,因为我敢打赌,每个为孩子做过午餐便当的人都知道那种毛骨悚然的感觉:当一个失踪多日的饭盒从书包深处被找出来,你焦急地打开盖子,食物早已发霉腐坏,不得不全部直接扔掉。这是一种超越时代和社会差异的体验。但它还不至于像德国响尾蛇漫画二人组(Rattelschneck)笔下的午餐面包形象斯图利那么糟糕。这个涂着人造黄油,还铺着厚厚的凉拌肉沙拉的黑麦面包漫画形象在讽刺杂志《泰坦尼克号》的专栏上一共出现了178次,每次它都争取能被某人吃掉,但没有人上钩,所以每集都以一种令人不快的方式结束。也许,便当和斯图利之所以不受欢迎,是因为它们都不是真正的午餐。学生拿着斯图利只是在装模作样,因为他们在课间还有比吃东西更重要的事情要做。

作为酿酒师的女儿,德国插画家莫妮·波特也说,她的母亲经常在葡萄园工作后带回酵母面包,上面放着萨拉米香肠、豪达奶酪或猪肝香肠,即"野兔面包"

(Hasenbrot)[1]。葡萄园里有一些装饰着壁画和祝酒词的小房子，它们能防止阳光暴晒或雷雨侵袭。在这些类似巴士站的砖砌建筑中，最多可以容纳 15 个人坐在墙边的长凳上，一边欣赏摩泽尔河的美景，一边谈笑风生，甚至忘记了吃手上的黄油面包。这种面包的名字由来据说是这样的：当在森林或田野里劳作的人们傍晚把吃了一半的面包带回家时，他们会告诉自己的孩子，是野兔啃了它们。

挪威出版商、艺术品收藏家和作家埃尔林·卡格的冒险经历当然不包括这些残羹剩饭。他在《就是走路》一书中描述了一次无与伦比的美食体验。1990 年冬天，他和一位朋友通过滑雪 58 天到达北极，每天都只能吃同样的东西。由于一次要带够 2 个月的食物，因此在携带的每克食物中都尽可能包含更多的卡路里。尽管食物单调乏味，但味道一天比一天好："那时我们已经接近北极点了，在一次短暂的休息中，我把一颗葡萄干掉在了雪地里。我两只手都戴着大手套，很难从雪里捡出葡萄干。我饿极了，太想吃它，于是我躺了下来，把头

---

[1] Hase 在德语里是"兔子"的意思，复数为 Hasen，Brot 的意思是"面包"，Hasenbrot 其实就是吃剩的面包。

向前倾,伸出舌头舔了舔葡萄干。当我把葡萄干含在嘴里,让它在嘴里滚来滚去,最后慢慢地咀嚼时,那种幸福的感觉让我想起了早就已经知道的事情:要享受小口吃的乐趣,吃得越少,味道越好。"

HALBZEITPAUSE

中
场
休
息

> 抱怨无聊的足球赛有点像抱怨《李尔王》的悲惨结局：你错过了重点。
>
> ——尼克·霍恩比

"球是圆的，足球赛是90分钟的比赛。"德国国家队前主教练塞普·赫尔贝格如此简明扼要地概括了足球的精髓。更准确地说，足球比赛是2个45分钟，中间有15分钟的休息时间，在此期间发生的事情要比其他休息时间多得多：球迷们冲向饮料台买饮料，然后又跑向厕所，把喝进去的东西排泄掉；当比赛特别激动人心时，许多球迷急需一些类似香肠的食物来补充营养，每个人都在讨论比分和下半场可能采取的策略。

足球世界的另一面是发生在更衣室里的一切。球员们有15分钟的时间补充水分、换球衣或快速按摩。但最重要的是，他们必须关闭手机，否则会被罚款！而且必须认真倾听教练在中场休息时的讲话，也许他的讲话中会包含一些箴言，就像美剧《足球教练》的主人公泰德·拉索曾经向他的球员们灌输的那样："做一条金鱼。"又比如乔瓦尼·特拉帕托尼的"足球是叮当咚，足球不仅仅是'叮'"[1]。这种一语双关的句子，简直对生活中的任何情况都有帮助。"做一条金鱼"很可能是为了鼓励你直视前方，就像闪闪发光的金鱼一样，因为它们的专注力只有几秒钟。正如卢卡斯·波多尔斯基的座右铭："我们现在必须撸起袖子加油干。"

教练如何在中场休息时激励球员，使他们在落后的情况下扭转局势，是足球运动如此有魅力的奥秘之一。"我完全相信中场休息的意义和价值。"教练界传奇人物尤尔根·克洛普在接受采访时这样解释道。记者试图从这次采访中挖掘更多关于中场讲话的神话，但克洛普和他的同事们当然不会让我们看到他们的底牌。而当情况变得非常糟糕时，教练的脑子里到底在想些什么就更不得而知了。例如，时任科隆足球俱乐部主教练的贝恩德·舒斯特尔经历了两场失败的比赛，球员们先是以1∶6的比分输给了汉诺威96足球俱乐部，然后又以0∶4的比分输给了圣保利足球俱乐部。中场休息时，他

---

[1] 这句话的原文是"Fußball ist ding, dang, dong. Es gibt nicht nur ding"。"Ding"在这句话里可以当作拟声词，但当作名词时则有"事情、局面、情况"的含义，所以后半句话"Es gibt nicht nur ding"也可以理解为"足球不仅仅是一件事"。

站在外面的大雨中，甚至不想看到自己的球员。另一个传奇时刻是 1975 年 11 月 8 日云达不来梅足球俱乐部对战汉诺威 96 足球俱乐部的比赛，主裁判阿伦费尔德在比赛仅进行了 32 分钟后就吹响了中场休息的哨声，原因是赛前他吃了一顿丰盛的鹅肉大餐，还喝了大量啤酒和麦提莎鸡尾酒。时至今日，在不来梅威悉球场附近点上一份阿伦费尔德鹅肉大餐，你就能品尝到同样的美味。

因此，中场休息时的确会发生很多事情，因此再通过节目表演来促进肾上腺素分泌则显得有些多余。效仿美国模式，在中场休息时加入节目表演，这种做法并未完全获得球迷认可，比如在多特蒙德足球俱乐部对阵法兰克福足球俱乐部的德国足协杯比赛中，甚至德国流行歌手海伦妮·菲舍尔也遭到了球迷的嘘声。

另一方面，在美国国家橄榄球联盟比赛中，中场休息的重要性早已超过了冠军争夺战。半个美国都在翘首以盼，哪两支球队会在"超级碗"相遇，最重要的是，谁会在中场休息时表演。2017 年，超级巨星蕾哈娜为了声援抗议警察暴力的非裔美国球员，拒绝了这一荣誉。因此,中场休息可以成为一个真正的政治问题,正如英国作家尼克·霍恩比在他的畅销书《极度狂热》中所说的那样,足球总体上只是"生活的另一个版本"。

MUSIKALISCHE PAUSE

音乐休止

当当当，当——这是贝多芬《C 小调第五交响曲》的开头，这首风靡全球的名曲在古典乐坛之外也引起了共鸣，甚至在摇滚乐中也能找到它的身影——例如《水上烟雾》(*Smoke on the Water*)，这可能是有史以来最著名的吉他旋律。三个八分音符、一个二分音符，分布在 G 和降 E 两个音上，这并不是特别复杂的音乐素材，但这样的排列却令人难以忘怀。或者，重要的根本不是这些音符本身，而是连接它们的东西。法国作曲家德彪西说，"La musique, c'est ce qu'il y a entre les notes"，这句话可以翻译为"音乐是音符之间的东西"。然而，更好、更准确的说法是，音乐不仅仅是音符，音乐也是停顿、沉默和余音。自勋伯格发明十二音体系以来，特别是"新音乐"这个流派一直在探索"聆听"本身，并将停顿视为与声音同等重要的元素。

"Splitting 62"是我的朋友、来自汉堡的作曲家米夏埃多·迈尔霍夫于 2022 年创造的一种停顿生成器的名称。它是一个时间轴，一种可以将任何一首音乐作品——不限风格或年代——分割成非常短的声音序列和相对较长的停顿结构。米夏埃多说，即使通过这样的改编，你仍然能够识别出这首曲子，因为你的大脑会在乐声停顿时继续演奏这首曲子。多年来，米夏埃多一直在他的音乐作品中研究为什么声音被认为比非声音更重要这一问题，并且有很多研究同好，最近这个研究也符合潮流。20世纪90年代，人们还在音乐会短暂的中场休息期间大声喧哗，而所谓的"无输入运动"（No-Input-Bewegung）致力于将音乐厅重新定义为无噪声、非喧闹的场所。毕竟，音乐厅通常是隔音效果最好的公共场所，所以实际上也是压力过大的城市居民的理想安静区。然而，放松或健康并不是新音乐的目的，最好的例子就是约翰·凯奇。

1952年，他创作的传奇作品《4分33秒》在伍德斯托克首演。钢琴家大卫·都铎在马弗里克音乐厅的三角钢琴前就座，乐曲开始。时钟嘀嗒作响，钢琴却没有任何动静。观众不时小声咳嗽，双腿交叉，布料沙沙作响。然后，大卫·都铎打开钢琴盖，稍作停顿。全场鸦雀无声。他合上钢琴盖，开始第二乐章，这一乐章也同样被标注为静默（Tacet）。有人看表，有人小声说话。时间在流逝，都铎为最后一个乐章再次打开琴盖。还有52秒。乐曲结束。正如凯奇所说，《4分33秒》是"一种倾听的行为"，其中的音乐就是正在发生的事情。声音与停顿、音乐与寂静之间的区别被消除了。在一次采访中，作曲家解释说，在他的生活中，没有一天听不到《4分33秒》，这始终是他生活和工作的一部分。

顺便说一句，凯奇同时还是蘑菇专家、佛教禅宗信徒、机遇音乐家和声音研究者，他曾经参观过一间隔音室，在那里，他惊讶地发现自己的身体不由自主发出的声音非常大，而在喧嚣的日常生活中是听不到它们的。世界上根本不存在真正的寂静。音乐中的休止并不是简单的寂静或休息，因为休止具有戏剧性的功能，是作品内在的品质。

即使在古典音乐中，休止符（用来表示音乐停顿时间长短的符号）也被用来满足观众的期望——毕竟，只有当休止结束，音乐再次响起时，人们才会意识到休止的存在，这是制造悬念或开玩笑的绝佳方式。比如约瑟夫·海顿反复使用休止符来诱导观众：当大家都以为演奏已经结束，要开始鼓掌时，却发现事实并非如此。

对于音乐家来说，休止也是一种挑战。例如，当乐队持续演奏时，个别乐器却要休止，为了不过早或过晚地继续加入演奏，他们必须在心里数着拍子。

不确定性和烦躁也是休止的一种特质，它可以作为音乐元素，起到增强感知的作用。就像眼睛通过瞳孔直径扩大慢慢适应黑暗一样，我们的耳朵也似乎在乐声停顿期间张开了。每个人都知道，在入睡时，窗帘会发出沙沙声，这种微妙的声音在寂静中听起来突然变得更加清晰。正如约翰·凯奇所说："在音乐中，我们只要张开耳朵就足够了。从音乐角度讲，任何东西都可以进入我们的耳朵，我们的耳朵向所有声音敞开，不仅是我们认为优美的音乐，还有生命之歌本身。……如果我们可以不局限于所谓的'音乐'，那么整个生活都将成为音乐！"

PAUSENMUSIK

中场音乐

严格来说，中场音乐与音乐休止恰恰相反：后者以一种特殊的方式让时间具体化，而中场音乐则旨在让时间消失，尤其是在等待的时候。普通人一生中大约有 5 年时间都在等待：在超市结账时、在交通堵塞时、在看医生时、在柜台前等待时或在排队时，时间白白流逝会让我们感到虚无与浪费。当一个过分亲切的声音第 58 次解释"请耐心等待，稍后将为您接通"时，在某一时刻，你会觉得就像听到钟琴断断续续地演奏莫扎特的《小夜曲》或贝多芬的《致爱丽丝》（中场音乐中最受欢迎的曲目）一样难以忍受。这很烦人！当然，这并不适用于所有类型的中场音乐，比如"超级碗"的明星表演，或者德国拜罗伊特音乐节中那些可敬的中场音乐家，因为在绿色山丘（Grüner Hügel）上，中场休息结束时，他们并不只是敲钟或敲锣。在这里，一个有几十年演奏经验的资深铜管四重奏演奏家会走上节日大厅的阳台，用铜管演奏把观众带回座位。

在某种程度上，这也是等待机制背后的理念：客户应该在无意义的间奏中保持心情愉悦，而不是恼怒地挂断电话。从音乐心理学的角度来看，如果在等待的过程中仍能让人感觉到事情有进展，那么这种做法就会成功，这也是为什么在等候中定时告知呼叫者还需要等待多久的机制会被认为对客户特别友好。此外，还需要有一个合适的背景音乐——许多公司为此不惜投入大量资金，并聘请像来自德国赫尔福德的斯特凡·拉达奇这样的专家，他被称为"等待音乐中的迪特尔·波伦"[1]，创作了我们在等待电话接通时听到的大约80%的音乐。他创作的音乐旋律会与对应公司的形象相匹配，例如，当电话背后是一家时髦的初创公司时，旋律会更加电子化和轻松；而如果是主要面向商务客户的公司，等待音乐的风格则古典、严肃。这个"等待音乐之王"说，这样做的主要目的是防止人们打瞌睡。但问题是，小憩一下不就是更好地利用时间吗？听一曲摇篮曲或引导睡眠的冥想——谁不想拨打热线电话、呼叫中心电话或市民服务热线，让自己至少平静几分钟呢？

---

[1] 迪特尔·波伦是德国著名词曲创作者、歌手、音乐制作人、作家、选秀节目评委、八卦娱乐主角。他创下了德国的一个商业奇迹，无人不知，无人不晓。

ZIGARETTENPAUSE

抽烟时间

当我母亲谈起20世纪50年代末,她和朋友布丽吉特一起跪在马桶盖上,对着狭小的浴室窗户吸烟时,她开心地咯咯笑,就像17岁时一样。第一支烟虽然苦涩,但尝起来异常美妙,这就是为什么当有人说"来吧,我们去抽支烟"时,有一种神秘的意味。抽烟是对日常生活的一种小小逃避,比如我母亲当年是想逃离战后生活。即使在今天,在我们这个注重健康的时代,每个人都知道吸烟有害健康,这种恶习仍然带有一种自由和冒险的气息,也许是因为每一口烟都会让人想起曾经的自己。"就那样疯狂一次,摆脱一切束缚",这是奥地利作曲家兼歌唱家乌多·尤尔根斯在歌中所塑造的热爱自由的吸烟者的愿望——他只是去买香烟,结果差点儿到了纽约。但他随即又把烟装进口袋,然后"理所当然"地回到了家。也许他在睡觉前会在阳台上再抽一支,忧郁地看着自己的梦想随着烟雾消散在夜空中。

"她从不在公寓里抽烟,只在阳台上抽,而且她抽烟时会远离我们所有人,特立独行,从不和别人一起。"尤迪特·海尔曼在《我们会彼此敞开心扉》(*Wir hätten uns alles gesagt*)一书中这样写道。沉浸在自己的思绪中并独处片刻正是抽烟的意义所在。这是一种朴实无华的正念练习，比如"HB"牌香烟上的动画人物形象向几代人展示了如何有效地发泄情绪。即使是不愿做太多解释就想溜之大吉的人，比如施瓦本酒馆里4个想要吃霸王餐的年轻人或法国丑闻作家米歇尔·维勒贝克，显然只要说是去抽支烟，就能轻易逃脱。

这种无政府主义的氛围始终围绕着香烟。无论是在革命前的沙龙里，还是在电影院里，无论是亨弗莱·鲍嘉或约翰·韦恩这样的经典偶像，还是玛琳·黛德丽或劳伦·白考尔这样的解放女神，不抽烟都是无法想象的。当然，即使是偶像自己——从鲁迪·卡雷尔到大卫·鲍伊——也烟不离嘴，这绝非巧合。但如今，几乎只有大银幕上的反派角色，或昆汀·塔伦蒂诺、阿基·考里斯马基、克里斯蒂安·佩措尔德等电影制作人才可以吸烟。

香烟甚至创造了自己的时间单位，如"抽支烟的时间"和"抽烟休闲时间"，这是因为它完全符合工业化、城市化和加速发展的时代潮流。雪茄或烟斗需要更多的准备工作和闲暇时间，而香烟则不同，很快就能抽完，因此吸烟无缝融入了工业化的工作世界。不过，在我看来，过去人们专门用来抽烟的放松时间要比现在少得多，因为当时的人们随时随地都能抽烟：在办公室、火车上、理发店或医院。这是曾经的抽烟习惯。如今，如果你想在工作时间抽支烟，你必须事先和老板商量，然后到外面去抽。人们并没有专门为抽烟而休息的权利，这更像是一个协商的问题，且在某种程度上一直如此。在我上学的时候，执行这项任务是学生会的主要项目。至少有一整个学年的时间，我们与家长代表和教师代表进行了激烈的讨论，直到最终获得胜利：在教师停车场不远处设置了吸烟角。这是所有炫酷休闲人士的中心，也是自我展示的平台，不过现在已被数码世界所取代。虽然高年级学生的吸烟角已经得到了家长委员会和学校领导的批准，但能在那些充满希望又令人兴奋的"禁止吸烟"标志下抽烟还是让人觉得大胆又叛逆。烟瘾大的烟民也可能一生都在疯狂吸烟，正如维克多·雨果所说："烟草把思想变成了梦想。"

DIE PAUSEN DER ANDEREN I: *FIKA*

其他人的休息1：菲卡

菲卡（*Fika*，指边喝咖啡边聊天）就像阿巴乐队[1]、格蕾塔·通贝里和宜家一样，来自瑞典。虽然家具巨头宜家还没有以"菲卡"为名的产品，但每个分店都配备了供员工聚在一起聊天的咖啡座——"菲卡"场所。与德国不同的是，瑞典的"菲卡"一词所指的喝咖啡不是在电脑前匆匆喝上一口，而是与同事们一起庆祝，当然，老板也会加入，与员工们一起，一边吃肉桂卷或瑞典特色"公主蛋糕"，一边聊聊上一个家庭聚会时的疯狂、足球或下一个假期计划。

瑞典人不仅在劳动合同上保证有喝咖啡的休闲时间，而且这也是他们带薪工作时长的一部分。这都要归功于工会，几十年前，工会就强制规定了上午和下午各20分钟的休息时间，因为它能提高员工满意度，从而提高生产效率。然而，"菲卡"并不是一种伪装成休息的效率促进剂，朋友们也会在空闲时间相约喝咖啡——"菲卡"一下。顺便提一下，"菲卡"一词也可作为动词使用，据说是由瑞典语"咖啡"（*Kaffi*）一词的音节颠倒演变而来。18世纪，咖啡饮品传入瑞典，不久之后，配

---

[1] 阿巴乐队是成立于1972年的瑞典流行乐队，其名称取自四位成员姓名的首字母，1982年该乐队解散。

咖啡一起享用的甜食"*Fikabröd*"也出现在了瑞典的第一批咖啡馆和糕点店里,这种新的习俗就此形成。大家不会一个人去"菲卡",这个喝咖啡的休闲活动是与他人一起享受的,这也许就是瑞典人每年在《全球幸福指数报告》中排名明显超越德国人的原因之一。

KREATIVE PAUSE

创
作
休
息

作为德国"我们是英雄"乐队（Wir sind Helden）的主唱兼吉他手而声名鹊起的尤迪特·霍洛芬斯说："无所事事拯救了我。"她甚至在自己的日记中记下了无所事事的固定时间。乐队解散后，她陷入了深深的危机，但通过专注于"无所事事"，她为自己找到了出路，并产生了新的想法和对生活的热情。霍洛芬斯认为，无所事事时最重要的事情不是写或读任何东西，也不是准备零食或把衣服放进洗衣机，更不是冥想，而仅仅是在躺椅上愉快地"躺平"，或像猫一样看着窗外。"我进入了愉快的梦境，我的大脑打开了想象的大门。我可以更好地倾听自己和世界的声音。"霍洛芬斯这样解释道。

这也是德国讽刺歌舞表演艺术家格哈德·波尔特所说的经典而美丽的"像乌龟一样闲逛"："如果什么都没有发生，那只是看起来如此，因为事实上总会发生一些事情，比如一只蚂蚁走过沙地，或者灰尘颗粒因为阳光透过窗户照射而变得清晰可见。问题在于，你能否敞开心扉，接受这一提议。"

如果你无法做到这一点，那也可以偶尔安排一个

"躺平日",作为一种练习。自1972年或1973年以来,每年的1月16日都是传统的"躺平日"。提出"躺平日"的不是顿悟的佛教徒,也不是意大利崇尚"无所事事的美好"的理论家,更不是任何其他兢兢业业描述与赞美"躺平"的专家,而是一个美国人——记者哈罗德·普尔曼。他对这样一个事实感到恼火:所有假期都有固定要做的事情。与其唱圣诞颂歌、打扮成蘑菇庆祝狂欢节或寻找复活节彩蛋,不如在"躺平日"什么都不做。这就像为心灵创造一个无车的星期天,很多人会觉得无法忍受,因为一旦有什么事情发生,比如公交车从你眼皮底下跑掉,或者你约会迟到了,你就会紧张地从口袋里掏出手机,迫不及待地刷起来,以便用行动来对抗焦虑,而怀着"躺平"心态默默等待的人如今几乎销声匿迹了。

但是,那些不想只是匆匆度过一生,还想进行艺术等创造性工作的人最终都会意识到,如果没有"无所事事",那什么都不会成功。德国作家拉尔夫·罗特曼曾告诉我,他工作中最重要的事情并不是在办公桌上完成的,而是在他似乎什么都没做的时候,比如听音乐或散步时。不过,要做到这一点需要一定的练习,可能还需要对自己的工作有充分的经验储备。如果你是一个写作、绘画或作曲的初学者，经历了足够的折磨和压力后，你可能会在某一时刻意识到：等待灵感是没有意义的。如果仅是事情遇到瓶颈，那么唯一有帮助的就是"无所事事"。因为在灵感已经存在的情况下，如果杂事太多，它们就不会闪现了。

THEATERPAUSE

剧院中场休息

微微点头，轻轻亲吻左右脸颊，同时交换一些关于导演、舞台设计或世界著名独奏家的不太复杂的想法。

现今，剧场中场休息的情形发生了翻天覆地的变化，以前被动的观众现在变成了演员本身。随意聚集在一起的一群人手里拿着香槟酒杯在门厅漫步，自信地演绎着法国社会学家皮埃尔·布尔迪厄在1979年描述的"区分"（la distinction）：特定的标志和仪式，标志着从日常生活到文化世界的过渡，以及微妙的区别特征，服务于有效的自我展示。

晚宴包和精致的服饰早已不再是去剧院或音乐厅的必备品。20世纪60年代，我母亲经常穿着便鞋去剧院，到了衣帽间再换上她带来的精致晚装凉鞋。而如今，几乎允许一切着装。尤其是在吸引年轻观众的时尚剧场，反而要小心不要穿得过于隆重而显得古板。另一方面，这也不是问题，因为被鄙视为"资产阶级废话闲聊舞台"的中场休息通常都会被直接取消。

出于其他原因，英国钢琴家斯蒂芬·霍夫在其著作《质朴的想法》（*Rough Ideas*）中建议取消音乐会中场休息时间，因为这样更有利于舞台上的演奏者和台下的观众集中注意力。霍夫甚至主张在一个晚上连续举办几场音乐会，时间不同，节目也不同，这样音乐家就不会感到无聊。如果想品尝美食，观众可以在演出结束后去餐厅用餐，而不用在中场休息时的自助餐台排长队。事实上，往往只有当提醒开场的铃声响起第三次时才轮到你，所以你必须马上喝下买到的冷饮，并在下半场与灼热的胃或打嗝作斗争。对于更先进的剧院来说，在演出过程中提供饮料，也关注观众的参与感，或把艺术总监亲自为观众斟酒当作戏剧的一部分，也许是个不错的主意，就像尼古拉斯·斯特曼导演在他被奉为传奇的剧院"危险酒吧"（Gefahr-Bar）中所做的那样。

后戏剧时代的戏剧可能会出现表演持续 5~6 小时的情况，直到演员和观众完全精疲力尽，而这在古典舞台剧，尤其是歌剧中几乎是不可能的。毕竟，剧院休息的主要目的并不是让观众在文化体验中喘口气。更常见的是，剧院中场休息往往是为了进行舞台布景更换，演员需要恢复体力，或者需要听到评论家的初步反馈。德博拉·菲托尔-恩伦德尔在为传奇戏剧评论家阿尔弗雷德·克尔撰写的传记中谈到了这一点。1925 年，卡尔·楚克迈耶的戏剧《欢乐的葡萄园》首演时，作者的母亲走到后台对儿子说，克尔笑了两次。楚克迈耶评论道："这听起来像是'刽子手病了，行刑被推迟了'。"

剧院的中场休息也可以成为戏剧元素。作为"延迟时刻"，它会使故事情节暂停，从而在真正的高潮到来之前增加紧张气氛。间奏曲则是一种独立的短剧形式，在 18 世纪之前，它通常出现于两幕戏之间，与正式内容没有任何联系，有时以芭蕾舞、音乐、哑剧或闹剧的形式出现，但也可能是浮夸的游行和焰火表演。18 世纪末，短剧从大型严肃的戏剧中脱离，这是市民戏剧从宫廷戏剧中解放的象征。由于间奏曲被认为是纯粹的娱乐，并且几乎只在杂耍剧场或音乐厅出演，因此追求艺术性的剧院为了与这种类型的中场休息划清界限，干脆废除了它。

总之，并非每次休息都是为了放松，但每次休息都有可能从根本上改变现状。

PAUSENRÄUME

休息室

> 即使在生活中，我也总是喜欢能让人休息的地方。没有长椅的公园会让我失魂落魄。
>
> ——特奥多尔·冯塔纳

由于人们对休息的需求不同，因此产生了不同的休息空间。在工业化进程中，为了让工人在工作之余能休息、补充营养和恢复体力，像食堂这样的特殊场所就出现了，这不仅使人们更容易控制下班时间，也解放了那些为在工厂工作的丈夫、父亲制作便当的妻子和孩子。

高速公路休息站、水吧、小商店或街角酒吧的吧台……这些在喧嚣的日常生活中不起眼的宁静小岛，无疑可以用来展示一段非常生动的社会历史。它们是常常无奈被卷入伟大历史长河中的我们的微小避风港。这同样适用于户外空间，例如小果园、公园、大酒店、青年旅社、火车站、机场、游轮，所有这些标志着从日常生活向其他生活方式过渡的中转站，或许都可以用"休闲"一词来概括，它催生了相关产业，这些产业又促使新的空间被不断设计和生产。

人们喜欢在哪里以及如何度过休息时间，可能是对隐藏的欲望和未实现的渴望的表达,这也反映在休息室和休闲角落的设计中:以足球图片、女郎海报、色彩斑斓的风景图、室内植物、花瓶或私人咖啡杯作为装饰,这些都可以成为在异化的工作世界中通向自由的一扇窗。

PAUSENRÄUME I: DAS FOYER

休息室１：
门厅

门厅一词来自法语，意为火炉、壁炉、炉膛、烟囱。在燃气供暖和集中供暖被发明之前，观众和演员都会在剧院的门厅相聚，在壁炉旁取暖。尤其是在当时，只有3个电视频道，所有人都聚集在"民族的篝火"(Lagerfeuer der Nation)周围。如今，这种取暖方式已基本消失，只有在特殊的足球比赛、电视剧《犯罪现场》或电视综艺节目《想挑战吗？》第500期重播时才会轻轻重燃旧日的余烬。不过，从文化悲观主义的角度来看，这也将很快成为历史，因为现在有了互联网，人们可以随时随地观看任何节目。

不过，在18世纪，剧院的门厅从一个暖房变成了一个更广的区域，人们可以在演出前和中场休息时在此闲逛、展现自己、交流想法，在自助餐厅喝杯香槟或购买一张节目单。门厅很快发展成观看和被观看的中心社交场所，其重要性超过了舞台本身。1752年，法国国王在凡尔赛宫的皇家歌剧院中建造了第一个这种意义上的门厅。

在大型剧院中，门厅通常是剧院建筑的重要部分。也许是因为它特别华丽，如维也纳的布格剧院，由戈特弗里德·森佩尔和卡尔·冯·哈泽瑙尔男爵根据文艺复兴的风格设计；也许是因为它以其优雅的空间和现代感给人留下深刻印象，如 1961 年揭幕的由弗里茨·博尔内曼设计的柏林德意志歌剧院。

但无论观众是聚集在巴洛克式的灰泥天花板下，还是在包豪斯风格的球形灯下，门厅里发生的事情往往比舞台上更多（最糟糕的是，甚至更有趣）。人们在这里闲聊、调情、建立或解除关系，一部作品的成败往往在这里决定。

尽管在门厅挤满了光鲜亮丽、侃侃而谈的人，但我们不应忘记，一些人的休息室也就是另一些人的工作场所。无论是在衣帽间、自助餐厅还是在舞台布景更换时，无论是在食堂、服务区、水吧、酒店还是在游轮上，为了使顾客获得良好的休息体验，工作人员必须努力工作，并尽可能低调，以免他人在休息时感到被打扰。因此，正在休息的人们享受着世外桃源般的生活，而那些使休息成为可能的工作人员却在其中忙忙碌碌。

GESPRÄCHSPAUSE

谈
话
间
隙

有时你会在餐厅或酒店看到这样的人：老夫老妻在整顿晚餐中一言不发。不过他们并不都像埃里希·凯斯特纳的《朴实的浪漫》(*Sachliche Romanze*)中的一对情侣那样不开心。诗人让他们从下午4点15分一直到晚上都无言地搅拌着咖啡，他们对此"简直不敢相信"。

许多沉默的情侣似乎早就习惯了这些戏剧性场面，然后在某一刻默默地达成了一致。也许他们彼此太了解了，所以他们会默默地理解对方，只是安静地一起吃饭。对于年幼的孩子来说，在沉默中一起吃饭肯定比一个人吃饭更糟糕，因为沉默的时间是让人最恐慌的时候。最糟糕的事情莫过于在街上偶遇老师，却不知道该说些什么。再比如，和老板一起坐电梯时哑口无言；家长会上，老师问谁能担任家长代表时的尴尬沉默；约会灾难，10分钟后就没话可聊了。针对这种情况，约会网站提供了很多建议，例如主动出击，而不是躲进厕所，要直接说："哎呀，我们可能没话可聊了。"这是否会成为刺激聊天的一个很好的开端？不如试一试。

事实上，谈话是否自然流畅是双方是否"同频"的指标。美国新罕布什尔州达特茅斯学院的一项研究结果表明,谈话中的停顿通常持续四分之一秒。根据研究人员的说法,如果整个谈话过程进行得较快,则表明与对方的联系良好。这是因为话语间隔时间极短,难以伪造,因此这也是一种诚实的信号。换句话说,你无法伪造良好的联系。

然而,快节奏并不是在世界各地都行得通,因为世界分为"沉默文化"和"言语文化"。例如,在芬兰、中国或日本,人们在交谈时的停顿和忍受停顿的时间要比德国这样的言语文化环境长得多。虽然我们从小就被教育不要打断别人的谈话,但在沉默文化中,太快地接话也被认为是不礼貌的。通常情况下,理想的状态可能介于两者之间。正如奥地利作家海米托·冯·多德勒尔所说:"对于一次好的谈话来说,停顿和话语同样重要。"

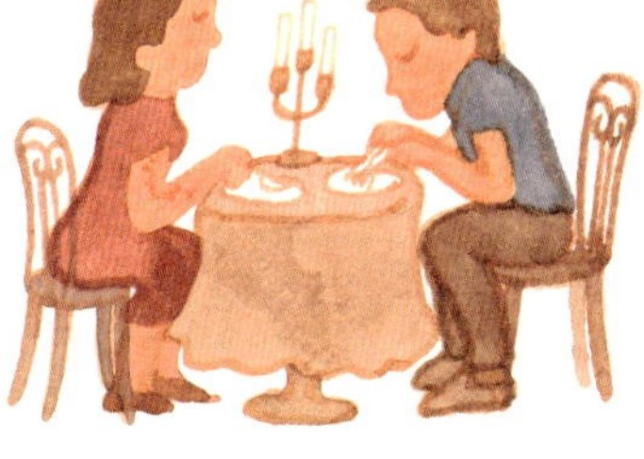

DIE PAUSEN DER ANDEREN II: IT'S TEATIME!

其他人的休息2：下午茶时间到了！

在英格兰、苏格兰、爱尔兰或威尔士，人们随时都能品尝到一杯香茗，而所喝的茶通常与茶艺爱好者从《唐顿庄园》，或从中国、日本了解到的复杂茶文化和仪式无关。我小时候和亲戚们一起度过了很多个假期，在德国东弗里斯兰的诺德代希，埃尔娜婶婶每天下午都会把一个牛奶碗放在桌子上，每位客人都会用一把弯弯的奶油勺撇一点冷奶油，小心翼翼地放在蓝白相间的小杯子里冒着热气的茶上。当然不能搅拌，因为当年昂贵的冰糖应该尽可能地多就着几杯茶喝。这种习惯最初是为了节省成本，却同时给人带来了三种味道体验：第一口是温和、清凉的，有着奶油般丝滑的茶香，然后是浓郁的红茶香气，最后是甜甜的余味。在整个仪式中，勺子的唯一作用就是最后放入杯中，以结束共同庆祝的茶歇，这是东弗里斯兰下午茶时间的一个重要信号。东弗里斯兰茶道已被联合国教科文组织列为非物质文化遗产，因为东弗里斯兰人会邀请每一个路过的人——无论是邮递员还是岳母——来喝下午茶。主人不断地为客人的杯子添茶，直到客人把勺子放在杯中作为结束的信号，或者将杯子翻过来。这样做就足够了，毕竟，东弗里斯兰人的人均茶消费量已经是最高的了，足有每年 300 升！他们也没有别的什么值得称颂了。茶消费量排在他们之后的是利比亚人（287 升）和土耳其人（277 升）。

英国人的茶消费量相对较少，人均每年 240 升，他们不是仅仅在一天中特定的时间喝茶，而是几乎在任何情况下都喝茶。一项研究结果显示，数百万英国人都曾梦想过女王会突然到访他们家喝茶，这也是"铺上桌布，摆上餐具，说不定女王就会来喝茶"这句谚语的由来。换句话说，我们不会把这句话当真，女王也绝不会这么做。女王去世后，国王是否一直萦绕在英国人的梦中，这一点尚未确定。事实上，伊丽莎白女王非常喜欢她的下午茶，尤其是经典的司康饼配凝脂奶油和草莓酱。

传说中的下午茶只有在特殊场合才会喝到，多层托盘上精巧摆放着司康饼和各式三明治。在茶香四溢的日常生活中，仪式感才是最重要的，因此，即使是一个简单的杯子，盛满温水，在水中放上一个普通的茶包，也能起到很好的作用。在爱尔兰女作家塔娜·法兰奇的犯罪小说中，经常会出现这样的情节：茶有时是为了让人更容易接受坏消息，安慰新寡的妇女；有时则是在审讯过程中起到使嫌疑人放松的作用。

因此,茶是一种与口渴这种世俗需求关系不大的饮料,从一开始就是如此。日本艺术史学家冈仓天心在其1906年首次出版的《茶之书》中写道:"茶最初是药,后来才成为饮料。"这本《茶之书》至今仍为人们提供了有关茶这一"艺术品"在健康、文化和哲学等诸多方面的精彩概述,茶让"所有的信徒都变成了品位高雅的贵族"。

然而,发明茶的人既不是东弗里斯兰人,也不是日本人、阿拉伯人或英国人,而是中国人。最近几年,他们又复兴了中国古老的茶文化。我的朋友科尔杜拉20世纪80年代在中国学习期间发现了自己对高品质茶的热情。贝马可(科尔杜拉的中文名)说,当年新生入学时,能得到一个印有大学校徽的简单锡制杯子,这样你就可以用粗茶来解渴,同时满足自己的求知欲。当时的茶文化与此前传承了数百年的优秀茶文化不可同日而语。不过还好,现在这个传统又已回春,中国人对解渴的茶和消磨时间的茶做了明确的区分。对于前者,许多人都会随身带一个瓶子,装满热水,以便随时能冲泡热茶。与此相反的是工夫茶,它的意思是"慢慢地品茶",也有"花时间在上面"的意思。工夫茶还重视精美的茶具，这些茶具早在 8 世纪的《茶经》中就有描述。但人们不必执着于此，科尔杜拉说，最重要的是用你所有的感官来感受茶，忘记时间。为此，你可以去茶馆或在家里用盖碗泡茶，如果你愿意，也可以就着瓜子和饼干品茶。通过这种方式，你与日常生活拉开了距离，并开始"重建希望与和平的天堂"。冈仓天心如是说："让我们先喝口茶吧。午后的阳光照在竹子上，泉水潺潺流淌，松林里的风声在我们的茶壶里回荡。梦魂萦绕那昙花一现的时刻，驻足在纯真自然的痴与愚之中。"

NATÜRLICHE PAUSEN

自
然
休
息

任何曾经因为忧虑、婴儿哭闹、更年期的激素警钟或内心隐秘的恶魔而失眠的人都会开始意识到，在人类的蓝图中，有些休息时间并不是为了娱乐和游戏而安排的。原则上，这也适用于我们由于勤奋工作、雄心勃勃、过度劳累或粗心而错过的所有休息时间。但是，临时取消在公司9点半喝咖啡的时间和睡眠不足还是有明显区别的。

剥夺睡眠会立刻让人神经紧张，而且被认为是一种折磨人的方法，这不是没有道理的。但人类是唯一为了自我优化而自愿剥夺睡眠，并故意扰乱生物钟的生物。然而，我们人类也并不只需要在夜间休息。我们的心脏在每次收缩后也需要放松，医生称之为心脏舒张期，否则在最坏的情况下，它将以致命的心室颤动进行反击。已经被激活的神经细胞只有在休息一段时间——指所谓的不应期——之后才能再次做出反应，这也解释了为什么性爱不能不停地达到高潮，只有中间有停歇才能让性兴奋成为真正的快感。如果骨骼肌持续痉挛，可能是破伤风引起的。而每一次吸气之后就是呼气，紧张之后就是放松。当我们舒适地休息或睡觉时，我们的呼吸也会更加缓慢，这可以让我们放松，降低血压，增强心脏功能。用歌德的话说："在呼吸中有双重的恩惠：把空气吸进来又呼出去。吸进感到压迫，呼出就清爽；生命是这样奇异地混合。"如果混合的平衡被打破，很快就会造成不好的结果，让我们如履薄冰。在夜间休息时，我们完全与自己同在，早在弗洛伊德试图在其革命性的《梦的解析》中揭示我们自身的阴暗面之前，弗里德里希·黑贝尔就说过："睡眠是人爬进自己的身体。"在任何其他状态下，人都无法如此接近自己，同时又与生存的困难保持距离。有人建议我们在做出艰难的决定前先睡一觉，这不是没有道理的；在考试前把词汇书放在枕头下的建议也不是完全没有道理的，毕竟我们在睡眠中储存和巩固了白天练习或学习的知识。顺便提一句，这也适用于半睡半醒或做白日梦：那些经常闲坐着望向窗外或磨磨蹭蹭的人，会让他们的大脑进入所谓的"默认模式网络活动"，在这种活动中，经验和感受被不停地回顾和评估。我们不需要寻求心理咨询师的帮助，也不需要自编、自导、自演一场戏，就能以一种轻松愉悦的方式与一切塑造我们身份的事物打交道。在最好的情况下，我们会意识到，除了日常完成的任务和取得的成就之外，还有更多重要的东西。正如尼采所说："在我们竭尽全力的所有时刻，我们都不是在工作。工作只是通往这些时刻的一种手段。"

PAUSENRÄUME II: DIE KANTINE

休息室2：食堂

在德国最受欢迎的食堂菜品排名中,咖喱香肠和意大利肉酱面多年来一直不相上下。尽管谷歌、奥迪和西门子等公司早已告别了餐厅传统的简易餐桌、炸薯条和烤猪肘,转而提供精心设计的环境和注重健康的菜单。这些改变显然会受到被各自行业争夺的年轻人才的青睐。在剧院,食堂的标准则完全不同,早上在自助餐厅吃早餐的技术人员可能还会遇到为前夜首演开派对庆功的人。

宽松的营业时间、对禁烟令的宽容执行、优惠的价格以及为漫漫长夜准备的丰盛菜肴是这类艺术家食堂的特色。在顶级酒店,情况可能又有所不同。当我参观传奇的阿德隆酒店时,我有一种来到剧院的感觉:穿戴整齐的侍者、身着红色裙装的优雅管家以及系着围裙、头戴花帽的清洁女工坐在一起,就像即将被舞台经理召唤上台的演员。

从一开始,制服及其向外界传递的信息的微妙差异就与食堂联系在一起:法语"*cantine*"一词的意思是士兵食堂,即普通士兵的餐厅,而军官则在更豪华的场所用餐。这种等级差别如今在许多公司依然存在。在我工作过的一些广播机构中，有自助食堂和提供餐桌服务的食堂，不过，后者通常只有级别较高的人才能享用。如果你作为志愿者或实习生因为同事的邀请而出现在那里，马上就会引来闲言碎语。每个食堂都像一个社交热点，在这里，每一次互动都会被观察、记录和评论，尤其是因为每个人都扮演着自己多年来固定的角色，任何改变都会被视为一种刺激。一位同事会详尽地谈论她的孩子，另一位同事会把她的假期计划摊开来说，第三位同事什么也不说，第四位同事会把午餐装在特百惠的容器里。偶尔，午餐聚会非常愉快。在设有员工食堂的公司里，日常工作的最大挑战之一就是找到既巧妙又不显眼的窍门，既能避免在食堂遇到关系紧张的同事，又不会公开冒犯他们。

MASKIERTE PAUSEN

『摸鱼』

快速清理洗碗机、给花浇水或给自己泡杯茶——拖延症晚期患者、居家办公的人或个体工作者总是会想到一些绝对要做的事情,而不是真正需要做的工作。当然,最可怕的敌人就潜伏在你的内心深处,当事情变得棘手、你不知道该如何继续或者无论如何都提不起劲头的时候,它总是会变得异常活跃。如果你在10分钟内上了3次厕所却并没有急性肠胃炎,或者在网上浏览度假酒店半小时而没有完成写作任务,显然你需要好好休息一下了。但是,由于我们常常不愿意给自己休息时间,于是职场心理学把这种矜持的、半心半意的休息称为"掩饰性休息"。这种被我们自己隐藏起来的休息时间,放松效果不像真正的休息那么好,这是合乎逻辑的。事实上,5%~15%的工作时间都浪费在了掩饰性休息上,这说明我们与自身放松需求之间的关系是多么扭曲,因为大多数人已经超负荷,以至于认为自己没有能力进行真正的休息了。现在是时候安排真正的休息了,不管休息时间有多短。这是因为,无论如何,在休息开始的时候,疲惫感都会得到最大程度的缓解,超过30分钟,效果就不会这么好了。这就是为什么5分钟的休息时间就足以防止过度疲劳。更重要的是,正如各种研究结果表明的那样,休息可以间接解决问题,因为大脑在休息期间会处理它所经历和学到的东西。最好的想法往往会在你意想不到的时候出现,比如淋浴时、上厕所时,尤其是在你没有任何东西可以立即记下这些灵感的情况下。

DIE AKTIVE PAUSE

活动休息

每项运动练习快结束时,这个坚定的声音都会激发人们的耐性和纪律性——"我们再坚持几秒钟,一、二、三、四",奥地利体操皇后和健身书籍作者伊尔莎·布克数十年如一日地播报着。这位经国家认证的体操教练的等长运动节目不仅通过奥地利广播电视 1 台,而且通过巴伐利亚广播电台播放,号召劳动群众保持锻炼。家庭主妇扔掉了做饭的勺子,老年人放弃了填字游戏,公务员停止瞌睡,按照指示活动手脚、锻炼身体。伊尔莎·布克甚至还在奥地利经典电视剧《科坦调查》(*Kottan ermittelt*)中露过脸,当时卢卡斯·莱斯塔利茨扮演的科坦探长早上开车经过维也纳,全城的人都在做俯卧撑,伊尔莎·布克在广播中指示:"别不好意思,最好加入,无论你在哪里。"

在 20 世纪 70 年代末至 80 年代初健身浪潮刚开始时,几个简单的深蹲,或是穿着健身短裤和基础款运动鞋跑步穿过森林似乎足以让人感到振奋。如今,发生根本性变化的不仅仅是装备,还有我们的心理。美国漫画作家艾莉森·贝克德尔在她的《超人力量的秘密》(*The Secret to Superhuman Strength*)一书中反思了自己痴迷健身很大程度上是因为将其当作"实现其他目标的媒介",她实际上更关心内心的转变而不是超强的身体。威廉·华兹华斯和塞缪尔·泰勒·柯勒律治等浪漫主义者也曾努力追求内心的转变,只是手段不同。

新冠疫情期间,伊尔莎·布克的力量训练被从广播档案中找了出来,重新焕发生机,被运用到个人健身中。"我们再坚持几秒钟,一、二、三、四",这种简单之美再次显现。

许多公司为员工提供"活动休息时间"作为经典咖喱香肠的替代品,同样简单而美好。根据专家的指导,员工可以在办公桌前伸展身体。这对案头工作者来说是一大福音,而且无疑比与要好的同事一起去食堂、喝咖啡或在门外抽烟更健康。与此同时,以上情景引出了意义深远的问题:究竟什么是"健康"?健康是否可以等同于健身?

"无所事事也要有效率吗?我们是否总要从每件事中获得最大收益?瑕疵之美变成了什么?"奥地利电影制片人兼作家大卫·沙尔科在他的小说《一天的收获》(*Was der Tag bringt*)中这样问道。在小说中,新冠疫情使主人公菲利克斯的生活完全停滞：他的公司破产了，失业的他勉强维持生计，于是决定每月将自己的公寓出租8天，在此期间他住在朋友家里。但是，这段时间他该做些什么呢？当他的生活不再有条不紊，当他的休息按钮被永久按下时，他还剩下些什么呢？菲利克斯的结局并不好，他的人生每况愈下。生活艺术家、哲学家威廉·施密德认为，没有活动，就没有休息，失去平衡的生活就像失去了基本的生命运动。对于任何一种主动或被动的休息，他都给出了令人信服的建议："做一些本不需要做的事情。"

KALENDARISCHE PAUSE

休
息
日

我们对空闲时间抱有很高的期望，尤其是当这些时间由日历规定的时候。周末、暑假、复活节和圣诞节本来应该很美好，但它们往往成为家庭中发生争吵的原因。毕竟，社会群体中的每个个体对于如何度过空闲时间都有不同的看法。爷爷奶奶渴望呼吸新鲜空气，中年人想再去一次博物馆，而青少年则只想要一个有舒适躺椅和数字设备陪伴的轻松周日。因此，冲突出现的可能性很大。所以，暑假后和圣诞节后分手与离婚率飙升也就不足为奇了。

除了社交摩擦，作为个体，你在休息时间也很容易陷入危机。在吃了过多的美食、参加了过多状况频出的社交活动后，人们往往会违背客观情况和自身经验，决心做下列事情：多运动、少吃肉、不抽烟，当然还有花更多的时间陪伴孩子、朋友和年迈的父母，这些都是经典的新年愿望。而在大多数情况下，新生活的开端都相当"不错"：宿醉未醒。仅仅过了一天，当闹钟又在老时间响起，火车又晚点了，同事们还是和去年一样时，才下的决心就瞬间土崩瓦解。这种变化无常的原因似乎是，我们人类在看待自己的计划时总是抱着乐观的态度，但是研究结果表明，正是这种乐观态度破坏了我们的计划。就像对幸福的过分追求一样，乐观主义往往会导致严重的动力不足，不管是减肥计划、自己的事业还是德国联邦政府的预算。纽约大学的心理学家发现，那些梦想着成功获得学位的学生成绩较差，而那些梦想着病情缓解的病人康复得更慢。专家说，一厢情愿的想法越强烈，实现的可能性就越小。对于节日、假期、美好愿望和其他改变自我的愿望来说，最有效的办法就是在今后降低所有的期望值，并将其转移到其他场合，例如创造更符合我们自身需求的假期——自言自语的一天、不洗头的一周、不思考的一个月或定期休息。毕竟，正如英国诗人、教士约翰·邓恩所说："既然每天的时间都是不够用的，那就让我们充分利用每一天。"

BLAUPAUSE

蓝
图

在德语中，由"blau"（蓝色）和"pause"（休息）组成的复合词"blaupause"（蓝图），与"blau"和"machen"（制作）组成的复合词"blaumachen"（旷工），以及单词"pausieren"（休息）没有直接关系。动词"pausen"的意思是通过透明纸描摹一幅图片。在电脑、打印机和复印机取代这种技术之前，描摹是一种实用的文本复制方式。由于通常使用蓝色无碳复写纸，"蓝图"一词便应运而生。在复印机问世之前毕业的人可能都还记得，在使用胶版印刷（即通过印模把沾在橡胶面上的油墨转印到纸面上的印刷过程）复印课堂作业和试卷时散发出的淡淡气味。学校的报纸、传单，甚至包括地下出版物也是用这种方式复印的。

只需将蓝图夹在打字机中，轻轻敲击带字母键的排字杆，油墨就会被压到下面的纸张上，从而在打字过程中同时生成一份副本。

1899年，《布拉格日报》（*Prager Tagblatt*）解释了蓝图最初是什么："要制作蓝图，首先要准备一张光滑结实的纸，用软毛刷或海绵画刷均匀涂抹8克铁氰化钾和50立方厘米蒸馏水混合溶液，以及10克草酸铁铵和50立方厘米蒸馏水混合溶液……如果用水冲洗这张复印品,高光部分会变得清晰,阴影部分会变成深蓝色。"

这样,在19世纪末,照片也可以借助蓝晒法复制。如今,蓝晒法作为一种复制技术已经过时,只是作为一种艺术工艺来使用,但"蓝图"这个词依然流行,并成为"Vorbild"(蓝本,模式,典范,榜样)这个单词的同义词。"这是一个典型的夸张词汇,用来取代一个简单的词。"马蒂亚斯·海涅在《世界报》上写道。"蓝图"这个词甚至在文学和音乐领域也取得了很大成就:一支名为"蓝图"的四重奏乐队在德国不伦瑞克演出,作曲家沃尔特·齐默尔曼专门创作了钢琴曲《蓝图——思想的影子6a》(*Blaupause. Schatten der Ideen 6a*);德国作家夏洛特·克纳将她在1999年出版的一本关于克隆技术辩论的青少年小说命名为 *Blueprint*[1]。近20年后,特蕾西娅·恩岑斯贝格尔为她描写魏玛包豪斯大学的处女作选择了《蓝图》作为书名。自20世纪80年代以来,媒体对"蓝图"一词的使用几乎到了泛滥的程

---

[1] 这本小说的中译名是《我是克隆人》。

度，但并非总是合理使用。例如，将"红-红-绿"[1]视为可能的"德意志联邦共和国蓝图"，实际上它并不能被当作一个模板（虽然有此意图），而只是对"蓝图"一词的草率使用。

---

[1] 在德国，每个党派都有自己的代表颜色，红-红-绿（Rot-Rot-Grün）代表着社会民主党、左翼党和 90 联盟 / 绿党之间的联盟。

LIEBLINGSPAUSEN I: SCHWIMMEN

最喜欢的休息1:游泳

一头扎进波光粼粼的水中,奋力向前游,把一切压在我们身上的东西甩在身后。工作中的危机和人际关系中的问题,几乎都会在让你能够无忧无虑漂浮的水中自行化解。正如英国作家萨曼莎·哈维在她的《不眠之年》(*A Year of Not Sleeping*)一书中所解释的那样,通过游泳,关节疼痛和紧张都会得到缓解,沉重的孕肚也会变得轻盈,甚至失眠也能得到治愈:

> 在湖中,感受泥土的柔软味道;在泳池里,感受氯气的味道。在湖中,你看到自己的手像幽灵的手一样浮现,又在手臂向后划动时消失。而在泳池中,你的手闪着白色的光,拖着一串串被阳光穿透的钻石般的气泡。心灵试图在不可以停留的地方抛锚,在当下,请这样说:没有什么是一成不变的,你的双手每天都不一样。
>
> 这就是治疗失眠的方法:没有什么是一成不变的。

萨曼莎·哈维并不是唯一一个和我一样热爱游泳的人。纽约艺术家利安·莎普顿曾是一名奥运会游泳运动员,她在引人入胜的小说《游泳研究》(*Swimming*

Studies）中讲述了思想的闪现和消逝。剧作家约翰·冯·杜菲尔喜欢在湖边徜徉，并将自己对水的激情写入了多部著作。英国作家黛博拉·利维的作品中也有水的影子，她的一部小说甚至名为《游泳屋》（Swimming Home）。当我采访黛博拉·利维，谈到她作品中这个反复出现的主题，并询问我们是否有共同的爱好时，她笑着撩起她的毛衣解释说，甚至就在我们谈话期间，她在衣服里面也穿着泳衣。"旅行时，谁也不知道什么时候会有一个游泳池出现，我可以利用这一机会。我想为此做好准备。如果可以的话，我每天都会游泳。我觉得这是一项非常有益的活动。它能让人全身舒展、头脑清醒，还能让人从日常生活的压力中解脱。有时，我在游泳时也会解决一些日常以及写作问题。因此，对我来说，水中是一个治愈的地方。"

跳入水中——无论是在游泳池、海里还是湖中——都能让我们摆脱自我和社会角色的束缚。泳衣就像一件戏服（Kostüm），甚至英语"泳衣"一词直接就是"swimming costume"，因为每个人都穿它，实际上也就模糊了阶级区别。

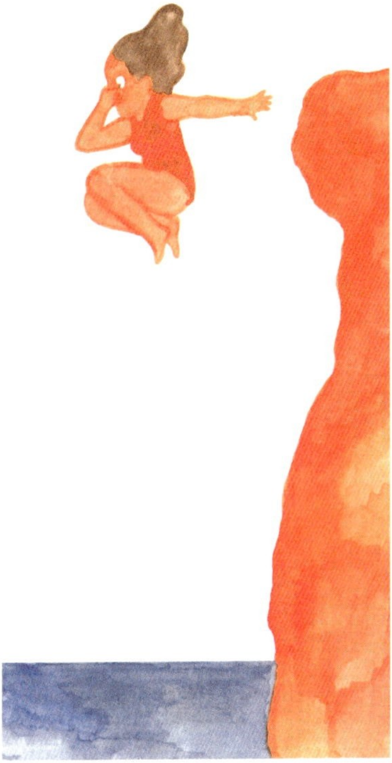

DIE HALBSCHLAF-PAUSE

半
睡
半
醒
间

图集《只要我活着，死亡就不会带走我》(*Solange ich lebe, kriegt mich der Tod nicht*)是作家兼记者托比亚斯·文策尔的一个令人印象深刻的项目。几年来，他陪伴世界各地的著名作家，如安妮·普罗克斯、T. C. 博伊尔和唐娜·莱昂等，前往他们所选的墓地，与他们谈论对死亡和无常的看法，并用箱式古董相机给他们拍照。

一开始，丹麦犯罪小说作家尤西·阿德勒-奥尔森谈到了他的父母。在照片中，他深情地拥抱着父母的墓碑。他讲述了父母怎样不断鼓励他发挥自己的才能，以及他是多么怀念他们无条件的爱。奥尔森说，他从他们身上学到的一件事就是一大早躺在床上不起来，因为"最好的创意会在你入睡前或醒来后出现"。因此，当思绪可以自由驰骋时，人们就可以为未来的一天制订计划或回顾过去。"我的父母总是压力很大。他们生了4个孩子，"奥尔森在书中说道，"为了应对压力，他们就把闹钟调得更早：5点30分。他们会在床上躺半个小时，看着天花板，然后起床，花1个小时谈论他们的生活。每天早上都是如此。"

用休息开启新的一天真是个好主意!就像这对老夫妇一样,在忙碌的世界把每个人都推向各自的责任之前,定期抽出时间在一起,这似乎是永恒爱情的秘诀。

SENDEPAUSE

广
播
中
断

"你现在给我闭嘴！"这种严格的指令，几乎每个在"大人说话时孩子应该保持安静"的时代长大的人都会熟悉，并且一直记到今天。而广播中断这种情况本身已经不存在了，至少计划中的暂停时间不会再有了。不过，广播可能会出现计划外的中断，只要有节目，人和机器就都可能会出错。

在早期的黑白电视时代，没有全天候播放的节目，因此电视台会在整个下午，特别是在晚上长时间播放测试图像。图像起初是圆形、网格状、矩形和菱形等各种深浅不一的灰黑色形状，后来又加入了各种光谱颜色的彩色矩形，中间有时会出现电视台的台标，有时会出现一个女孩和她的毛绒小丑。后者可以在电视测试图像网站上找到，这是奥地利测试图像爱好者赫伯特·卡尔泽的数字宝库，他收集了大约2万张这样的测试图像。

70多年前，1950年7月12日，西北德广播公司（北德广播公司和西德广播公司的前身）首次播放了一个测试画面。它的作用是向用户，尤其是向安装电视机的技术人员表明，这台设备是可以工作的。最初，即20

世纪50年代，一些测试图像仍是用手工制作并裱在硬纸板上，然后放在摄像机前。几年后，测试图像已经可以通过电子方式生成，从而可以更精确地检查和调整当时常用的显像管电视机的亮度、清晰度和其他参数。

20世纪60年代中期，测试图像终于变成了彩色。在法国、英国和澳大利亚，使用的是丹麦工程师芬恩·亨迪尔于1966年为飞利浦公司开发的PM5544检测图。而在德国，节目播放结束后使用的是FuBK无线电操作委员会测试图像：边缘是灰白色的网格图案，中间是几个彩色区域，包括所谓的灰阶和用于调整清晰度的黑白锯齿图案。此外，还有充满白色细线的圆圈图案。

第一个测试图像爱好者群体很快形成：所谓的DXer（业余无线电操作员）将他们的全部热情投入捕捉、拍摄和收集世界各地尽可能多的奇特测试图像中。如今，这些藏品已成为时髦怀旧者的奇妙宝库，他们可以从中找到吸引人的T恤印花图案模板。对于历史学家来说，这些也是科学技术史的珍贵档案。

在德国公共广播联盟和奥地利广播公司从1981年到1994年播出的《1000幅杰作》(*1000 Meisterwerke*)系列节目中,测试图像与波提切利、凡·高和米罗的作品一同亮相。在1994年播出的近10分钟的节目中,一个柔和而富有穿透力的声音将这幅测试图像诠释为"几何表现艺术的杰作",其基本原则是"取消艺术与日常物品之间的传统区别"。"经常看到但很少特意留心的东西因此被提升到了艺术研究对象的地位。……测试图像也是图画,图画也用作测试。即使对当代艺术而言,这幅杰作的意义也丝毫未减。"没有比这更好的说法了。无论你是否认为它是艺术,古老的测试图像都是一个令人印象深刻的美丽提醒,尤其是在数字时代媒体不断更新的背景下,一个好的暂停真的就是艺术。

PAUSENZEICHEN

广播暂停信号

如果你是德国巴伐利亚的小学生，学校放假时跟随父母在汽车后座上无聊地坐了几个小时，又不敢问什么时候才能到家，那么民歌《只要老彼得》(Solang der alte Peter)旋律一响起就会拯救你。它作为巴伐利亚广播电台的暂停信号，一直用到1951年10月28日，为了纪念在战争中被摧毁的慕尼黑圣彼得教堂的塔楼，一直不播最后一个小节。这首歌也被用作交通播报前的电台识别标志。因为歌曲朗朗上口，在巴伐利亚收听过广播的人都会随口哼唱。来自德国威斯特法伦、黑森和萨尔兰地区的人可能对他们的广播信号有同样的感受，这也正是暂停信号背后的理念。声音信号不仅是为了填补空白，更是为了深入听众的意识，使听众即使在睡梦中也能辨别出广播来自哪个电台。

然而，暂停信号的发明并不主要是为了留住听众，广播史上的一则逸事就说明了这一点。1926年冬天的一个晚上，瑞士伯尔尼频道演播室突然只能听到嗡嗡的声音。来自索洛图恩音乐厅的信号传输因电路短路而中断，大厅里的灯甚至全部熄灭。随后，播音员请指挥鼓励观众。当指挥走向三角钢琴，开始弹奏民歌《是时候了》(D'Zyt isch do)时，节目制作人显然看到了曙光，于是这首小调成了 40 年来瑞士德语区广播的标志性曲调。

早期的广播节目，用时钟及节拍器的嘀嗒声（如 1924 年莱比锡的中德广播公司就仅使用了闹钟的嘀嗒声）或音阶（例如自由柏林广播电台的"降 mi-fa-la"）作为暂停信号通常就足够了。然而，大多数广播公司使用的都是现有曲目的片段，由所谓的暂停信号发生器或乐器制作——最初甚至是现场直播。20 世纪 50 年代，德国西南广播公司的暂停信号由钢琴家玛丽亚·贝格曼现场演奏，而收听广播的人则坐在德国知名电器品牌诺曼底或根德的收音机前，等待犯罪惊悚广播剧或猜谜语节目继续进行。

最著名的广播暂停信号之一是英国广播公司在第二次世界大战期间使用的贝多芬《C 小调第五交响曲》的开头"当当当，当"——"…—"是莫尔斯电码中代表胜利的字母"V"，英国广播公司使用这个符号向被占领的国家发送广播。这些简约的音调有时也反映了宏大的政治背景。例如，纳粹夺取政权后，将许多电台标识音乐标准化。战争结束后，人们觉得应该在暂停音乐中听到一些关于全新的开始和世界主义的东西，因此 1946 年 3 月 31 日，德国西南广播公司首次播放了莫扎特《魔笛》中的一个片段，西德广播公司播放了贝多芬音乐的几个小节，黑森广播公司则委托创作了一首未来主义的新作品。

第一批私人广播电台于 20 世纪 80 年代中期出现，传统的暂停信号消失了。声音设计师被委托将不同电台的企业形象融入精心创作的歌曲、预告片、音效和其他声音文件中。但这些都不是原始意义上的暂停信号，毕竟广播不再有真正的暂停，因为几乎没有哪个导播会像海因里希·伯尔的短篇小说《穆尔库思博士收集的沉默》（*Doktor Murkes gesammeltes Schweigen*）里的主人公穆尔库思一样，可以满足听众对安静的需求——毕竟播放广告每秒都有收入。

LIEBLINGSPAUSE II: TAGSÜBER INS KINO GEHEN

最喜欢的休息 2：
白天去看电影

白天去电影院有点像逃学。当其他人还在工作或做作业时，你却避开晚上的场次，独自沉浸在黑暗的放映厅里，让自己进入一个没有纳税申报单或最后期限的世界，取而代之的是柔软的坐垫、松脆的爆米花和惬意的心情！美妙的不仅是银幕上的故事，还有你的内心，无论你在此之前觉得自己有多么渺小、孤独和可怜。与座无虚席的主要场次不同，白天的电影院通常可以随便选座位，这样你就可以尝试一下做一个完全不同的人。因为喜欢坐在电影院的哪个位置，很能反映出人的个性：自信的人适合坐在中央的位置，他们知道自己想要什么；坐在两侧的人谨慎、体贴。正如日本心理学家上原广美发现的那样，坐在前排的人乐于奉献，而坐在后排的人则喜欢观察别人。无论你是什么样的人——坐在前面、后面还是旁边——在接下来的90分钟里，一切皆有可能。

帷幕一拉开（这一奇妙的仪式在好的电影院里一直延续至今），转变就开始了。你可以同时是强盗与警察，"因为在电影胶片中——这就是它比舞台更具价值的地方——所有恼人的现实都消失了"，奥地利作家阿尔弗雷德·波尔加在1912年如是说。大约在同一时期，热衷于看电影的卡夫卡在他的日记中写道："去了电影院。哭了。"这也是摆脱日常生活的一种绝妙方式：独自坐在电影院，看一部悲伤的电影，痛哭一场。这样做总是有理由的，如果没有理由，当你观看惊心动魄、刺激感官的电影时，也会想到这些理由。正如卡夫卡所说，每张门票都包含情感、消遣和"无节制的娱乐"。当你揉揉眼睛，片尾字幕已经滚过，你从座位上站起来，回到现实的时候，外面往往也和在电影院里一样暗了。突然间，外面的世界不再像你想象的那样糟糕。

KAFFEEPAUSE

喝咖啡的休息时间

我职业生涯中最奇特的经历之一就是我做全职工作的那几年。尽管工作只需要 2 个小时，最多 3 个小时就可以完成，但你必须在办公室待满 8 个小时。在我看来，这与向像我的女秘书这样的女同事下达指示一样荒谬。女秘书界有一条不成文的规定，那就是我们这些编辑必须比她们晚上班，最好等到咖啡时间或早餐结束后再来工作。在此之前，工作是不可能的。当一群女士舒适地坐在一间办公室里聊天、喝咖啡时，电话响个不停。打扰她们是不受欢迎的，如果出现的话也会被忽视。

3 年来，我所见证的这个早晨的仪式，几乎没有发生任何变化。只因人员休假，阵容时有变化，否则这 20 分钟就像是平淡的职场生活中的一块磐石。

喝咖啡的休息时间或许特别适合仪式化，因为它比午休时间更短，在参与人员和所需物品方面也更易于管理。许多休息时间里，上演着悄无声息的戏剧，其中顽固存在的所有习惯、怪癖和毛病，注定了它能成为一个文学主题。在芭芭拉·皮姆的复出小说《秋日四重奏》中，讲述了四位即将退休的办公室同事是如何在图书馆度过午休时间的，尽管其中只有莱蒂一个人真正喜欢阅读。还有一个人就是喜欢坐在这里，另一个人在这里取暖，第三个人则喜欢研究教会八卦。之后吃的东西（"诺尔吃了一个鸡腿，玛西娅吃了一个凌乱的三明治，里面的生菜叶和滑溜溜的西红柿片都掉了出来"）只是加深了这些孤独、节俭、内向的人物给人的最初印象。J. J. 福斯库伊尔不朽的白领小说《办公室》在荷兰引起了轰动，读者成群结队地涌向民俗学家的旧址，那里还组织了各种活动，书中人物在现实生活中的原型都出席了这些活动，他们甚至还挂着写有书中他们的名字的牌子。福斯库伊尔的粉丝很可能会问他们，德·布鲁因是否真的总是要给主任贝尔塔煮咖啡，加那么多糖，以至于勺子都卡在里面；马顿是否真的把"四个三明治、一块蛋糕和一个苹果"放在上衣口袋里带到办公室。

还有——这真的是最后一个例子了——乔治·西默农笔下的探长梅格雷也是如此。如果他因为忙于办案而无法在中午回家与妻子共进午餐，他就会在附近的多菲娜啤酒馆度过午休时间，其原型是巴黎太子广场上的三部曲咖啡馆。如果审讯持续时间较长，他就会让人把啤酒和三明治送到警察局。然后你就会意识到：梅格雷是一个重视固定习惯的人，而且不容易分心——总之，你可以信赖他。休息几乎提供了无穷无尽的机会，可以随意并言简意赅地刻画人物性格。

即使在现实生活中的休息时间，尤其是喝咖啡的休息时间，也可能是心理学和社会学上复杂的符号系统的大杂烩。单说咖啡杯的选择：许多公司为员工设立了非正式的咖啡角提供免费咖啡，员工可以用赠送的带有企业徽标的杯子喝咖啡，以增强企业认同感。

不管是使用公司的杯子，还是使用私人餐具，都绝对是一种宣言，就像选择盆栽、日历或家庭照片来点缀办公室一样。与昂贵的、丹麦设计师设计的杯子或丢在家里的破烂杯子相比，自己孩子画的杯子、印有"我讨厌别人"或"是的，我真的和看起来一样恼火"等有趣办公室标语的杯子所表达的意义是不同的。个人主义和任性恣意可以在各自的休息文化中表现出来，这是对外界规定的工作日常的微妙抵制，同事们也会认真"阅读"这些信号。任何人如果没有令人信服的理由而回避咖啡聚会或共进午餐，很快就会被视为不合群者或傲慢自大的人。对许多人来说,显然很难想象有的人只是想从喧嚣的世界中解脱,获得一些平静和安宁。正如阿斯特丽德·林格伦所说:"人也需要有时间,只是坐在那里,看着眼前的一切。"

WINTERSCHLAF

冬眠

"阿奇活过来了!"当家里的乌龟终于从花园中绿叶覆盖的角落里出现时,我们在英国寄宿家庭的主人特利欢呼道。虽然比往年晚了一点,但它仍在复活节后的星期一苏醒了。它的龟壳有点破损,上面缀满了烂树叶,小腿还有点摇晃,但除此之外,它似乎还是原来的样子,已经 70 岁了。如果特利和迪尔德丽没有顺从爬行动物的本能,让阿奇在花园里找到一个冬眠的地方,当它从冬眠中苏醒时,他们就不会这么激动了。如果像我的同事莫妮·波特和她的家人多年来对乌龟罗宾所做的那样——从 11 月到次年 2 月把它放在冰箱的蔬菜抽屉里——就可以省去很多麻烦。

大自然并不是为了让人们不必请邻居帮忙喂宠物而放心去度假,才设计出让许多动物冬眠的。动物之所以冬眠这么久,也不是因为冬天寒冷、不舒服。毕竟无论是人还是其他动物,冬天都不想起床。冬眠可以帮助动物以尽可能少的能量和食物维持生命。最好的办法是什么?那就是什么都不做!因此,动物们会蜷缩在洞穴深处,降低体温,放慢心跳和呼吸,停止活动。松鼠、獾和浣熊就是这样冬眠的。每隔一段时间,它们就会醒来进食,因为如果完全不补充能量,它们就无法度过冬天。刺猬、蝙蝠和旱獭的情况则不同，它们依靠体内储存的脂肪来维持生命，虽然它们的新陈代谢几乎完全停止，看起来就像死了一样，但仍然能够感知周围的环境。

顺便提一下，生物钟会提醒动物们什么时候该开始冬眠，什么时候又该慢慢醒来。原则上说，我们人类也有这样一个生物钟。毕竟，每个人都会意识到自己什么时候需要休息。只是由于工作压力和责任感，我们已经没有了倾听它的习惯。

从这些动物身上，你可以看到，其实你不必担心在经过漫长的休息之后，会因为懒惰而完全丧失体力或虚脱。这是因为大自然有各种妙招，可以确保冬眠者在长时间休息后立即恢复健康。长期卧病在床的人都知道，肌肉松弛的速度有多快，以致一段时间后你几乎无法自己下床。而熊却可以直接出去觅食，因为它们的血液中含有一种特殊物质，可以防止肌肉在长时间的休息中萎缩。而且，冬眠时它们会偶尔剧烈颤抖，这可以保持身体温暖和锻炼肌肉。因此，在睡梦中进行健身训练可能是很多人的真实梦想！

PAUSENRÄUME III: DIE RASTSTÄTTE

休息室３：高速公路服务区

服务区全天候向所有人开放。服务区就像机场的中转区或火车站大厅一样,是一个通行的地方,建筑风格平淡无奇,只是纯粹的功能性建筑,不鼓励人们久留,却是很多人心中的充满诗意的向往之地。

对于那些在偏远地区度过青春岁月的人,如果附近有高速公路出口,那就是幸运的。毕竟,几乎没有任何东西能像夜间前往高速公路服务区一样,给人带来如此强烈的自由和冒险的感觉。这里没有关门时间,就算手头拮据,也总能在加油站的霓虹灯下喝上一杯啤酒。

事实上,几乎每个在高速公路上行驶过的人都会在服务区停留过,哪怕只是为了在服务区的收费厕所花一欧元享受一次卫生、安全的小便(参见章节"解手时间")。德国的高速公路上大约有430个服务区,也许正是因为服务区无处不在,至少是在德国这样一个汽车大国,它才能成为电影和文学作品的灵感来源。电视剧《犯罪现场》里有多少尸体被丢弃在了服务区附近!在服务区的餐厅餐桌上,又有多少深刻的感情对话被搬上大银幕。从服务大厅的大玻璃窗里,我们可以看到飞驰而过的生命,这是多么美妙而忧郁的景象。这是一个近乎神奇的个人交通场所，本是一个供人休息的地方，但实际发生了大量的事情。

克里斯蒂安·勒赫拍摄的纪录片《B12》的副标题是"寻找生命的意义"（*Auf der Suche nach dem Sinn des Lebens*），这部纪录片讲述的是德国霍恩林登附近的B12服务区的故事，在这里，老人和年轻人一起坐在啤酒桌旁讨论人生的重要问题。

在这个本应不存在的地方，许多人的生活都有了全新的方向。在意大利喜剧电影《面包与郁金香》中，罗萨尔芭在服务区休息时被丈夫和儿子遗忘，为了报复他们的粗心大意，她让一个有魅力的男人带她去威尼斯并住在那里。高速公路服务区是一个多层次的微观世界，它存在着，而且由于其本身的性质，四面都是开放的。纪录片导演勒赫在谈到他的长期研究对象B12服务区时说，"被扔在路边"在这里指的是转瞬即逝、惊喜与巧合。在无人停留的地方，一切皆有可能。

这也许就是服务区成为诗人和其他思想家灵感源泉的原因。在迈克尔·科尔迈尔充满娱乐性和压迫感的小说《弗兰基》(*Frankie*)中，维也纳附近的林达赫(Lindach)北服务区从一个充满希望的地方——"因为高速公路服务区提供最美味的早餐"——变成了故事一开始 14 岁的弗兰基与刚获释的入狱 18 年的祖父致命决斗的现场。

哲学家弗洛里安·维尔纳对德国下萨克森州的加布森北服务区进行了研究，并以文学研究者的敏锐视角探讨了服务区诗歌。在这个人们匆匆路过的地方，不仅限于厕所的墙壁和留言簿上，人们用诗歌使自己永垂不朽。他与服务人员、牧师、旅行者和长途司机进行了交谈，并认识了一位在加布森北服务区长大的人。马克·明尼希是高速公路餐饮业的第三代传人，他从小就在服务区做作业，骑着自行车在停车场里飞驰，还和一些孩子交了朋友，但还没来得及和他们打一架，对方就已经消失在高速公路上了。因此，在别人看来只是短暂休息的地方，也可以是某些人的家。

1982 年，阿根廷作家胡里奥·科塔萨尔和他的妻子、作家兼摄影师卡罗尔·邓洛普进行了一次既感人又浪漫的休息区旅行。这对身患绝症的恋人开着大众巴士在巴黎—马赛高速公路上行驶了一个月，他们打算走遍"阳光高速"上的 63 个休息区，并每隔一个休息区就住一晚。"幸福与爱的延伸，超越时间的一个月，内心充盈的一个月，我们第一次也是最后一次体验到什么是无拘无束的幸福。"他们在《宇宙高速驾驶员》中这样写道。这是一本独特的关于"休息区群岛"的冒险小说，也是一本安慰人心的书，它告诉人们努力生活与热爱生活是多么值得，尤其是当你像这两个徘徊在休息区间的浪漫主义者一样，知道人生道路上最后一个出口的指示灯已经亮起。

DIE PAUSEN DER ANDEREN III: *NYEPI*

其他人的休息3：
静居日

在那些下着大雪的冬天夜晚,当你醒来时,你会惊奇地发现周围是童话般的寂静,只能听见几辆敢于冒险上路的车的嗡嗡声从窗户外传进来,仿佛盖着厚厚的绒毛毯一样。除此之外,只有鞋子踩在雪地上和铲雪时发出的嘎吱嘎吱声。

整整一天的寂静!这个保持寂静的日子是巴厘岛人每年都要庆祝的节日,但这并不是因为天气。相反,是他们让世界停止运转,驱逐旧年的恶魔,迎接新的一年。在巴厘岛印度教最高节日静居日的前一天,每个人都会尽情狂欢。与狂欢节类似,游行队伍中也有巨大的恶鬼雕像(Ogoh-Ogoh)——这些狰狞的家伙象征着邪恶的灵魂,被不断地舞动和推倒。最后,他们都会被摧毁,为新的一年让路。

在这里,迎接新年的不是鞭炮和烟花,而是悄无声息。新年期间,包括机场和港口在内的一切设施都会关闭,酒店也实行紧急戒备状态。岛上禁止人们上街,只有身着黑白格子纱笼的"伯查朗"(即安保人员)在街上巡逻,检查大家是否遵守禁令。电视和广播停播,甚至连互联网也在静居日关闭。人们待在家里,信徒们整天斋戒和冥想，以尽可能纯净的方式开始新的一年。由于禁止用电，傍晚时分只有柔和的烛光，直至夜幕笼罩，黑暗降临。这是为了欺骗恶魔和恶灵，让他们相信这座岛屿已经被遗弃，应该绕道而行，人们就可以免受他们的邪恶影响。

这是一个神奇的停顿、一次深呼吸，然后世界那不可阻挡的洪流继续滚滚向前。

FAHRTZIEL: PAUSE

目
的
地
：
休
息

巴士在傍晚的灯光下闪烁着柔和光芒，
　　清楚地表达着：我不想，
　　我不想对任何人说话、叫嚷。

　　不去施特格利茨、施潘道
　　或动物园方向，
　　这趟车现在不会驶往任何地方。
　　咖啡冒着热气与醇香，
　　巴士司机终于迎来了寂静安详。

KUNSTPAUSE

讲
话
时
的
停
顿

"贝拉克·奥巴马的停顿比其他许多演讲者的言语都要好。"英国前首相托尼·布莱尔的首席演讲撰稿人菲利普·柯林斯在他的著作《他们要卑劣,我们求高尚》(*When They Go Low, We Go High*)里这样说。

无论演讲内容多么简单,任何人只要像这位美国前总统一样掌握"奥巴马式停顿",就能赋予演讲神奇的力量。恰到好处的停顿不仅能增强每一句妙语的感染力,还能让演讲者显得更加自信和睿智。毕竟,那些不紧不慢的人至少会给人一种他们在说话前进行过思考的印象,而如今这种情况很少见。取而代之的是,即将出现的空白处被"嗯""啊"等犹豫的语气词或连词所填补,因为不幸的是,修辞学不再像古希腊那样在学校里教授了。

一个巧妙的讲话停顿可以改变任何句子并重新赋予其意义,正如马克·吐温所说:"正确的词语可能有效,但没有一个词语比得上恰当的停顿。"这种说话时人为控制的停顿产生了"此时无声胜有声"的效果。它的作用就像一个假想的叹号、问号、破折号或冒号,为一句句妙语铺上红地毯。演讲开始时的停顿是无声的前奏,比大声要求安静更能吸引注意力。即使不是一句接一句，而是让自己和听众有一个"句后停顿"，也会让话语更有分量，就像音乐的回声一样，给听众思考和感受的空间。

"停顿中蕴藏着巨大的力量，"演员乌里奇·马特斯在接受采访时说道，"我很早就欣赏它对同事的影响，并且长期以来一直喜欢在表演中运用它。作为演员和观众，你必须忍受它，直到你自己的能量从中显现。"他的同事约阿希姆·科尔也是一位处理停顿的大师，擅长慢节奏的表演。在汉堡的一场演出结束后，一位同行钦佩地对他说："我永远不敢像你一样设置停顿！"科尔认为，停顿并不是什么都不发生的时刻："人们要制造紧张感，并在停顿期间保持住这种张力。"

医生兼记者维尔纳·巴顿斯在一篇讲述"疲惫不堪的自我"的文章中指出，医生在交流培训课程中被建议在病人问诊结束时，"默数23、22、21……因为病人可能还会说出一些他刚才不敢说的话，或者是医生没有让他说完的话"。刑事侦查人员在审讯过程中利用停顿时，很可能会在脑海中穿起一串更长的数字。就像弗里德里希·阿尼斯笔下的退休侦查员雅各布·弗兰克，在小说《无名之日》(*Der namenlose Tag*)中，他经常保持沉默，直到对方无法忍受这种沉默而和盘托出。因此，停顿可以产生巨大的力量，它提醒我们，交流不仅仅是说话，更重要的是倾听。

PAUSENKUNST

艺术小憩

梨树荫下有一群田间劳动者，其中一人躺在地上睡觉，其他人坐在一起吃喝，背景是修士们在池塘里沐浴，季节似乎是炎热的夏末。彼得·勃鲁盖尔在他的画作《丰收》中捕捉到了这一场景。

有异曲同工之妙的是凡·高的《午睡》：一对疲惫不堪的夫妇躺在地上，靠着一捆干草垛，男的把帽子盖在脸上，鞋子放在旁边，女的依偎在他身边。还有一幅画作：一个穿着褶边衬裙的女人，随意地斜躺在椅子上，旁边放着画，显然是在画室里。是朱利叶斯·勒布朗·斯图尔特让模特摆出这样的姿势，还是他只是随意捕捉了一个瞬间，并恰如其分地将这幅画命名为《闲散的下午》？

休息是各个时代都流行的主题。在古典时代和中世纪，惬意田园生活中的人和牲畜就被描绘了下来，尤其是在巴洛克和文艺复兴时期的绘画中。19世纪的野餐场景展示了人们如何休息，爱德华·马奈于1863年打破了这种田园诗般的氛围，在他的画作《草地上的午餐》中，一名裸体女人与旁边两个穿着衣服的男人坐在野餐毯上。看到这幅画，40名评审员感到震惊，拒绝将该作品选入巴黎沙龙展。

休息、无所事事作为一种艺术刺激，在20世纪才真正兴起。伊夫·克莱因在20世纪50年代中期说道："我想尝试的是什么都不做，而且要尽快实现。但要自觉、谨慎、考虑周全。我只是想要'存在'。"他的同事马塞尔·杜尚在1966年的一次采访中解释说，艺术家"有义务创造"和"欠观众一些东西"的想法让他感到厌恶。塞尔维亚艺术家姆拉登·斯蒂林诺维奇在1978年拍摄了自己的8张照片。照片中他总是懒洋洋地躺着，什么也不做，让人想起了奥勃洛莫夫[1]。照片的标题是《工作中的艺术家》(*The Artist at work*)。

这种艺术性的拒绝也可能出于政治动机。例如在萨米兹达特（Samizdat）艺术中，通过把记录行走或躺在床上作为一种艺术行为来规避图像禁令。无所作为在观念艺术中也发挥着作用，例如，1969年，美国艺术家

---
[1]《奥勃洛莫夫》是俄国小说家冈察洛夫的长篇小说，书名即书中主人公的名字。小说生动地塑造了奥勃洛莫夫这个"多余人"的形象，他善良、正直，对令人窒息的现实不满，追求宁静生活。但他不想行动起来改变现实，也不愿从事任何具体事务。

罗伯特·巴里为在阿姆斯特丹、都灵和洛杉矶举办的展览印制了3张简单的邀请卡，告知公众"展览期间画廊关闭"。

德国艺术家玛丽亚·艾希霍恩也采取了类似的做法。她让伦敦奇森黑尔画廊在2016年4月23日至5月29日关闭，以便她举办题为《5周，25天和175小时》的展览。在此期间，画廊继续向员工支付工资，员工可以随意支配自己的时间，而不是工作。与此同时，画廊里空空荡荡，除了门上的招牌，没有任何东西可供观赏。

仅仅欣赏艺术作品就能帮助我们摆脱日常的单调乏味——这往往也是艺术的本意。看一幅画是一种感知的暂停，一种类似睡眠的状态，耶拿哲学家兰贝特·维兴这样认为："与睡眠一样，对图像的感知也会导致参与的暂停。"无论你受到多么强烈的触动，无论你多么沉浸于画面所描绘的事物，你都不会成为它的一部分。因此，图像开辟了自由空间，因为它们只允许观众成为观众，而不要求他们参与。

维兴认为，这种与正常感知的反差表明了艺术的不可替代性及永恒的魅力。"我的感知迫使我成为真实世界的一部分，而这恰恰是睡觉和看图片时都不会发生的事情，这就是为什么我们可以说这两种精神状态之间存在着基本的相似性。"

因此，经常把午休安排在博物馆也不失为一个好主意。为了吸引更多的上班族，一些博物馆在午餐时间提供价格低廉的参观体验活动，包括简短的导览和打包午餐，如位于波恩的联邦德国艺术展览大厅举办的"艺术小憩"活动。这肯定会比食堂里千篇一律的聊天更有启发性，从感性的角度来看，你甚至可以在午餐时间优雅而艺术地小憩片刻，就像兰贝特·维兴所做的那样。

DIE PAUSEN DER ANDEREN IV: SAUNA

其他人的休息 4：桑拿

世界上最幸福的民族竟然生活在一个一年中有一半时间都阴暗寒冷的地方。芬兰人连续多年在联合国《全球幸福指数报告》中位列榜首。这无疑与芬兰优秀的社会和教育体系、一望无际的森林以及忧郁的幽默感有关，尤其是电影制作人阿基·考里斯马基的幽默感更是闻名世界。不过，芬兰人之所以能拥有深沉而持久的幸福感，可能主要是因为他们经常赤身裸体地蹲在热烘烘的木屋里，把自己身上的污垢和烦恼都挥洒出来，然后再勇敢地跳进数量众多的冰冷湖泊中，让自己清醒过来。当然，在世界其他地方，人们也一起洗澡和蒸桑拿，例如土耳其浴或俄罗斯的班尼亚蒸汽浴，后者不仅可以用桦树枝促进血液循环，还可以一边喝着伏特加、吃着鱼干，一边围着毛巾讨论生意。

尽管芬兰人并没有发明桑拿，但芬兰语"桑拿"一词已成为全世界通用的术语。几千年前，我们的祖先就把热石头放在地洞里，以加热空气和自身，达到清洁的目的。古希腊历史学家希罗多德记载了斯基泰人的一种习俗，他们在埋葬死者后用蒸汽来清洁自己。在几千年前，今天的芬兰人的祖先从亚洲移居到斯堪的纳维亚半岛，并将桑拿传统带了过来。这一习俗直到今天都被认为很有价值，只有芬兰桑拿文化被列为世界非物质文化遗产。这可能是因为 90% 的芬兰人每周至少去一次桑拿房。全国共有 300 万个桑拿房，而这些桑拿房供 550 万想出汗的人使用。任何人只要体验过热气渗透到你体内，又想从你所有的毛孔中冲出去时的美妙，感受到每一个阴暗的想法是如何化为蒸汽和汗水的、所有的社会差异是如何被抛在毛巾架上的，以及体验到冰冷的水最终让你屏住呼吸，那么即使没有华丽的辞藻去描绘，也都能理解幸福的感觉。

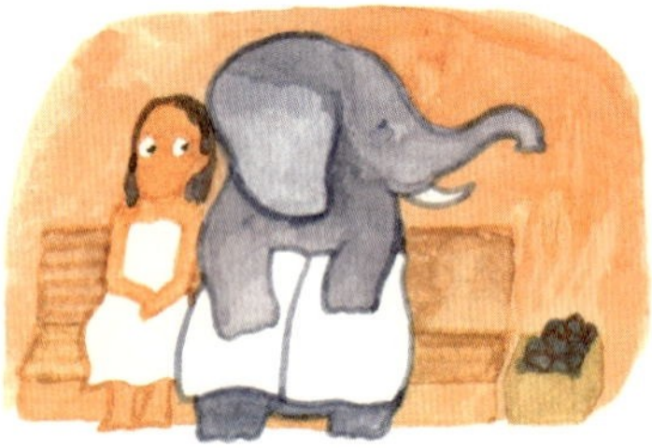

MENOPAUSE

更
年
期

我们人类只与4种鲸鱼共享"更年期"这一生物奇观。其他大多数动物都可以终身繁殖，并将自己的基因传给尽可能多的后代。只有虎鲸、白鲸、独角鲸、短肢领航鲸和我们人类女性有一天会绝经，变得满脸皱纹、脾气暴躁、失眠，最重要的是不能再生育，但仍然可以活到耄耋之年。长期以来，生物学家一直在研究为什么会出现这种情况。迄今为止，最流行的理论是：老年妇女如果帮助女儿照顾孩子，会有利于进化。

为了了解更多信息，芬兰研究人员分析了前工业化时代的教会记录，当时气候恶劣、收成不好和疾病导致死亡率居高不下，生活尤为艰难。母亲健在的妇女比没有母亲的妇女生育的孩子数量更多。不过，这只有在（外）祖母是50~75岁且仍然健康的情况下才会起作用。在这之后，情况就会发生逆转——我们都知道，看护的工作主要是女性承担的。只有当（外）祖母住在附近并随叫随到时，她才能真正发挥作用。在加拿大毕索大学的一项研究中，研究人员分析了17世纪和18世纪加拿大魁北克省第一批定居者的数据，发现有（外）祖母的家庭比没有（外）祖母的家庭平均多2个孩子；存活到15岁的孩子也平均要多1个。然而，（外）祖母住得越远，家庭成员分散的影响就越小，而今天，每个人都在世界各地流动和旅行，家庭成员分散的情况比前几个世纪要普遍得多。更重要的是，我们明显更长寿，保持活力的时间也相对更长，这正是许多（外）祖母不愿意照顾孙辈，而是只做她们想做的事的原因。

严格来说，德语的"更年期"（Menopause）一词无论如何都是一个错误的名称，因为它反映了"暂停"（Pause）一词的本义，其词根来自古希腊语里的动词 *pauein*，意思是中止、暂停，表明之后还会重新开始。我的朋友、妇科医生克里斯蒂娜说，这就是为什么它实际上应该被称为"月经结束"（Meno-Ende），"结束"（Ende）才表示彻底终止。从纯粹的生物学角度来看，随着更年期的到来，女性进入了一个与男性一生所处的状态相似的阶段：激素水平相对稳定，而不是自青春期开始情绪和激素就不断高低起伏的状态。在激素的作用下，女性进入了第二个童年。不幸的是，这并不意味着能找回过去的精力充沛、肌肤紧致和活力四射。

FEUERPAUSE

停
火

"你们有机会影响历史进程。"国际足联主席詹尼·因凡蒂诺在巴厘岛举行的二十国集团（G20）领导人峰会上这样表示。在举行卡塔尔世界杯之前，他提议俄罗斯和乌克兰停火一个月。"我们并不天真地认为足球可以解决世界问题"，国际足联主席解释说，但世界杯可以成为"一个积极姿态或契机"。遗憾的是，这并没有实现。

足球与停火之间的联系并不像一些评论家想象的那样牵强。足球曾经给最惨烈的战争带来过和解的时刻。1914年圣诞节前夕，英国和德国士兵友好地一起踢足球。此前，在第一次世界大战的头几个月里，有50多万人在西线丧生，直到平安夜，战争才暂停了片刻。一名德国士兵唱起了圣诞颂歌《平安夜》，很快，这个旋律不仅传遍了德军战壕，英国士兵也被节日的气氛所感染，开始唱了起来。圣诞节早晨，第一批德国士兵爬出战壕，向英军战线走来。士兵们的友爱行为被载入史册，史称"圣诞节休战"：士兵们一起掩埋阵亡将士，交换香烟或从对方的威士忌酒瓶中嘬一口。然后，一名士兵在回忆录中写道："一个苏格兰人拿来了一个足球，一场名副其实的足球比赛就此展开，帽子被当作球门。"

尽管冰冻的地面太硬，不得不用稻草裹着铁丝或用易拉罐代替球，靴子也太重了，但不久前还手持武器的死敌却充满了"和平与运动的团结"，如果有人踢球时摔倒在泥土里，他们会互相搀扶着站起来。大家都玩得很开心，没有人在乎结果。在战争中，"敌人"变成了无害的足球对手。要是一直这样就好了。

在法国弗雷兰吉安村（Frelinghien），有一座纪念1914年英德足球赛和圣诞节休战的纪念碑。2008年纪念碑落成时，英国和德国士兵再次进行了比赛。披头士乐队的保罗·麦卡特尼将1914年的圣诞节休战写入了他的歌曲《和平笛》（*Pipes of Peace*）和相应的视频。在视频中，他一人分饰两角，分别身着德国和英国军装。我们看到他交换圣诞祝福和香烟，交替朗读《圣经》并与自己踢足球。这个引人入胜的创意再次表明，所谓的"敌人"不过是和你我一样的人。视频结束时，画面中一枚手榴弹爆炸，停火结束，战争的恐怖仍在继续。

UNGEPLANTE PAUSE

意
外
休
息

公交车从你面前开走，学校的课程被取消，计划已久的约会被临时取消：生活总是出乎意料地腾出时间。而由于我们总是抱怨时间太少，因此为此生气是一种遗憾和不恰当的。"生活就是我们做一些计划外的事情。"亨利·米勒这样认为。他说得没错。正是在这些意外得到的空闲时间里，我们才能一起散步，一些最令人兴奋的事情也可能会在此刻发生。孩子意外生病了、紧急项目被取消了，取而代之的是一起玩记忆游戏、大声朗读的几个小时，在这些日子里，一开始对计划改变的愤怒刚刚消退，一种特别的亲近感和宁静就会油然而生，难道不是这样吗？

如果意外的休息时间变成了等待时间，很快就会被视为浪费时间，这就是人们一有空就从口袋里掏出智能手机来分散注意力的原因。为了什么？怎么做？仅仅关注正在发生的事情、云卷云舒或他人的脸，已经远远不够了。

许多人都很难接受没有什么事发生，或者我们计划或想象的事情没有发生。这就是为什么我们被时间提示——电脑上的进度条、火车站里的钟表、电话等待中的语言提示——所包围，这些时间提示都给我们一种错觉，让我们觉得有事情正在发生，我们并没有陷入塞缪尔·贝克特的《等待戈多》那样的境地。无论如何，重新思考和等待并不意味着像弗拉季米尔和爱斯特拉冈那样跌入存在主义威胁的深渊。照顾生病的孩子而不是继续工作、花一个小时等待下一班火车，或者晚上无事可做，都可以为我们打开一扇通向未知世界的窗户。这些被赠予的时间，超越了利用的逻辑。这是"闲情逸致"（Muße）的时刻，是珍贵的"远离事务或约束"的时刻，正如格林兄弟《德语词典》所定义的那样。

如果上述观点对你来说过于浪漫或理想化，那么你可以带着这样的想法度过接下来被迫休息的时间：善于等待的人不仅更快乐，也更成功。奥地利学者沃尔特·米歇尔于1968年至1974年在斯坦福大学对学龄前儿童进行了一次著名的棉花糖实验，结果证实了这一点。他让孩子们与棉花糖独处15分钟，并通过单面镜进行观察。那些在实验者回来之前能够等待而不吃棉花糖的孩子，会得到第二颗棉花糖。至少有三分之一的孩子成功地做到了这一点，他们都试图用某种方法分散自己的注意力，有些人甚至试图作弊。米歇尔对这些孩子进行了长达40年的反复观察，发现那些能够等待的孩子学习成绩更好、更自信、社交能力更强，在以后的职业生涯中也更成功，生活得更快乐、更健康。

等待是一种极其复杂的现象。它可以是一种权力手段，用来显示弱者的无能为力；它也可以意味着失望、中断、停滞；它还为排队等候提出了应该遵守的社会规范，即人们不能靠得太近，插队是不受欢迎的。最后要说的是，等待也是一门艺术，哲学家拉尔夫·科内斯曼认为，这门艺术包括"用等待能力（Wartenmüssen）去应对等待需要（Wartenkönnen），这意味着在美好的双重意义上去理解等待"。

LÖCHER UND LÜCKEN

孔
洞
和
缝
隙

奶酪孔、缝隙、黑洞、酒后断片儿和健忘症……这些不也是规律稳定的生活中的暂停吗？中断、恼怒和小麻烦也有好处吗？或许没有，就像歌德笔下可怜的少年维特和"可怕的间隙"一样，让他饱受相思之苦的心无法安宁——可以说，这恰恰是暂停的反面。

另一方面，没有空隙的生活是多么煎熬。"没有空格和段落的文本很难阅读或者更难阅读一切都太满了就像某些衣柜或地窖一样。"如果把这句话用德语不加空格写出来，就像这样：TexteohneZwischenräumeundAbsätzekaumlesbaroderschwererundüberhauptallesvielzuvollwiemancherKleiderschrankundimPrinzipalleKeller。

但我到底想说什么呢？

嗯
也许
对洞的　恐惧？
众所周知，没有东西是
不存在的，

有些人害怕

洞。

即使是非常小的……

密集恐惧症

这是厌恶密集孔洞图案的症状 ……

……

如牛奶泡沫

或蜂巢

出现在眼前。但这真的与暂停有关吗？

也许这种可能性更大。

  我的朋友卡琳时不时让我回忆起我们在求学时的旅行，她甚至还记得我们在哪家咖啡馆吃了哪种蛋糕。而我只要记得我们一起上过学和学了什么就很高兴了。可以说，我的记忆有很多漏洞，所以我将不得不在我生命的最后一刻走马灯般回忆时想点别的事情做。如果不是无关紧要的休闲经历，而是糟糕的、创伤性的经历，大脑会产生记忆漏洞作为保护区，以免长期面对无法忍受的事情。如果我们不把所有的东西都记住，我们也能很好地度过一生，否则我们的大脑很快就会像一个杂乱无章的垃圾房，里面堆满了图像、气味和句子。脑科学家说，我们的大脑不应该记住所有的东西，而应该只记住我们做决策所需的内容，这是生存所必需的。厨房着火了，我们会立即打电话叫消防队，却不记得我们在那里做的美味佳肴、聊天的夜晚等。因此，记忆像奶酪一样充满孔洞似乎是相当正常的。不过，奶酪孔现在面临消失的威胁，因为它们不是由老鼠或发酵带来的，而是由细菌和干草颗粒造成的。然而，现在细菌不再那么容易进入牛奶，因为传统的开放式挤奶桶越来越少，现代封闭式挤奶系统被越来越多地使用。作为一种出路，干草颗粒被人为地添加进来，使它们不再是真正的天然奶酪孔，就像

充满意义 的活跃、富有

成效的休息

可能不再是 真正的休息

一样。

BEZIEHUNGSPAUSE

关系间歇期

"爱情是一首曲子，其中的停顿与音乐一样重要。"优秀的森塔·伯格曾经这样说过，巧妙而优雅地表明她不喜欢共生的结合。这真的让我很欣赏。或许这也正是她对导演米夏埃尔·费尔赫芬的爱情不可动摇的秘密所在。她在 60 多年前（1963 年）认识了费尔赫芬，两人于 3 年后结婚。

允许彼此自由，即给各自的朋友和兴趣爱好空间，可以在长期关系中起到很好的正面作用。至少对于那些不喜欢自己刷牙时对方却上厕所、时常查看对方的通讯录和信息，或牵着手在公园慢跑的人来说是这样。

然而，伴侣关系中宽宏大量和生气勃勃的"停顿文化"与真正分手毫无关系。如果决定中断关系，通常是为了厘清干扰或休整关系，或者像并没有亲身感受和经历、仅作为人工智能助手的 ChatGPT 向我解释的那样："关系间歇期可以用来为个人成长和反思创造时间和空间。在某些情况下，它可以使伴侣的关系更加紧密。但重要的是，双方要开诚布公地相互沟通，并达成明确的协议，以避免误解。每段关系都是独一无二的，因此最好考虑到个人的需求和界限。"

当然，这也是你应该事先考虑的问题。也许，有了感情和经验，你们会更了解人际关系是如何起作用或不起作用的。毕竟，如果你能开诚布公地与对方沟通，遵守约定，不经常制造误解，那么你可能根本就不需要关系间歇期。而对于其他大多数人来说，关系间歇期的本意是为了澄清误会，却通常会变成（早该）结束的开端。

例如，交友网站 Parship 做了一项调查，发现 81% 经历恋爱关系间歇期的人迟早会分手。可以理解的是，许多人可能希望慢慢分手比一次性彻底分手少一些痛苦。毕竟，在接受调查的人中，只有三分之一的人希望在关系间歇期里能厘清自己的感情，四分之一的人是因为不再幸福，12% 的人是因为一方或双方出轨。

"休息时，她是一个有着一头松软闪亮的棕色头发的法国女人。她的胸很大，是真的，而不是人造的。她戴着一副窄窄的长方形眼镜，头脑非常聪明。当然，她很年轻，比我小 20 岁。"在希莉·哈斯特维特的小说《没有男人的夏天》中，叙述者米娅这样写道。在小说中，米娅的丈夫鲍里斯是一名科学家，在结婚 30 年后，他向妻子提出离婚，这让妻子陷入了严重的精神危机。但在医院住了一段时间后，她回到家乡过夏天，并慢慢开始康复。她看望住在养老院的母亲，为年轻女孩们开设诗歌课程，还写情色日记，反思自己的爱情生活。这是一个自我赋权的过程，在这个过程的最后，鲍里斯再次向她敞开心门，但她的问题是有没有可能"宽恕和遗忘"："宽恕是一回事，遗忘又是另一回事。我无法让自己失忆。带着那段分手或作为插曲的记忆生活意味着什么？我们的关系会有所不同吗？任何事会发生变化吗？人会改变吗？"

无论如何，这无疑是人们在恋爱中每天都会问自己的问题，而这也可能是当初按下暂停键的导火索。他能拧紧牙膏盖、擦掉饭桌上的食物碎屑或停止打鼾吗？任何人如果希望如此，并将自己的幸福寄托于对方有朝一日会变得焕然一新，那么这个人无疑找到了通往不幸福的完美指南。

LILA PAUSE

紫
色
休
息

它在广告史上占有一席之地："紫色休息"是20世纪90年代最著名的巧克力棒之一，当时任何可以看电视的人今天可能仍然可以哼唱出广告音乐的旋律。在广告中，一位金发碧眼的挤奶女工在人造的山脉背景前向一位潇洒的徒步旅行者唱着阿尔卑斯山区的民歌，健美操团体在小屋前做体操，留着胡须的阿尔卑斯山民用瑞士德语宣称这种巧克力棒是一种"慢食奢享"。

广告商——这次是扬·罗必凯广告公司——用最辩证的方式揭示了这种甜食的真正目的。因为，这当然不是真正意义上的美食文化与阿尔卑斯山的休闲文化，而是为了快速有效地解决人们的轻微饥饿，而不是从家里带一个三明治解饿，最重要的是，通过卖零食赚钱。除了"紫色休息"巧克力棒，奇巧巧克力、优力享威化饼和麦当劳也都在做这样的广告，而且做得相当有想象力和讽刺意味。从1992年起，两个猎鸭人就成了传奇人物，他们在芦苇丛中吹响鸭哨，直到他们背对背撞在一起，其中一个从口袋里掏出红色巧克力棒并掰开，"啪"的一声，所有的鸭子都飞走了："休息一下，吃块奇巧。"事实上，鸭子们才是这次休息的最大受益者。在麦当劳的广告中,一个铿锵有力的画外音问道:"你今天休息了吗?"然后,博物馆警卫用一份薯条驯服了从沉睡中醒来的贪婪恐龙。

如果没有方便食品的发展,我们就无法理解 20 世纪 80 年代和 90 年代广告领域中的显著突破。早在 1897 年,俄国工程师叶甫盖尼·费多罗夫就发明了罐装食品形式的自加热快餐。大约 50 年后,美国人格里·托马斯把铝制预包装食品从飞机上带到了客厅里,电视餐/即食餐由此发明。在上市的第一年,即 1953 年,它就卖出了 1000 万份。2 年后,金宝汤罐头公司接手了这家商店,安迪·沃霍尔使该公司的罐头广告作品成了博物馆藏品。美国广告业较早地认识到了成功的休息是什么:暂停并消费。

"休息一下"是 20 世纪 50 年代可口可乐广告的口号,这个口号出现在售货亭飘扬的红色三角旗上,或者印在一个年轻的飞机模型制作者的黑白图画下,他正把瓶子举到嘴边:"一个真正的手工制作爱好者都知道的休息秘密:不要等到手开始颤抖、眼睛开始疲劳才休息,最好在中间休息一下,喝一瓶美味的可口可乐。它沁人心脾,喝了可口可乐,你就会活力满满。"

大约30年后,我们的烹饪和饮食习惯发生了巨大的变化,孩子们不再需要自制的三明治了,他们可以在小卖部买巧克力棒,秘书们在午餐时间搅拌他们淡而无味的速食汤,节省了时间和金钱,也避免了人们原本出门散步时可能遇见的美好体验。

不知从何时起,有趣的广告休息时间消失了。在这种休息时间里,似乎一切皆有可能:两个印度人一边吃着巧克力,一边看着在公园里唱歌的松鼠;严格的图书管理员宁愿自己咬着香脆的巧克力棒,也不愿警告顾客安静。这或许预示着自我优化时代的到来,以及真正的、放松的、没有目的的休息时间的终结。当奥运游泳运动员弗兰西斯卡·范·阿尔姆西克在回答"你为什么游得这么快"这个问题时,她的回答是:"谁游得快,谁就休息得更快。"

方便食品从一开始就是个伪命题。这个词所暗示的"方便",实际上只是为了加快日常生活的速度:吃得快,我们就能工作得更多或节省时间,而这些节省下来的时间却因为疲惫和营养不良而无用武之地。早在罐头汤、速冻比萨饼和"紫色休息"巧克力棒发明之前，法国烹饪大师乔治斯·奥古斯特·埃斯科菲耶就说过："好的饮食是一切幸福的基础。"

PAUSE VON SICH SELBST

自
我
休
息

> 我想成为寒冷极地的一只北极熊，
>
> 那样我就不用再哭泣，
>
> 一切都会如此清晰……[1]

瑞士灰色区域（Grauzone）乐队在20世纪80—90年代唱着这首憧憬之歌登上了排行榜。无论是北极熊、公主、电影明星还是诺贝尔奖获得者，我们都梦想成为另一个人，至少在一段时间内是如此。法国超现实主义诗人阿蒂尔·兰波认为，我们本质上就是他人。"我是另一个"（Je est unautre）是他关于身份消解的名言，在艺术和文学界引起了巨大反响。最近，挪威作家约恩·福瑟在其"七部曲"系列的第二卷中，以《我是另一个：七部曲之第三到五部》为题，探讨了另一种生活的可能性。总之，关于另一种生活的梦想往往是从书中开始的：纠结于是否要在圣克莱尔女子寄宿学校与汉妮和南妮一起恶作剧，或者想象与哈克贝利·费恩一起沿着密西西比河航行会是什么样子。童年时想成为的人可以反映出个人性格中隐藏的一面。例如，我希望在某种程度上隐藏诚实，这一点从小就很明显，因为

---

[1] 这首歌名为《北极熊》（*Eisbär*）。

我真的很想像德国犹太小说家埃尔泽·乌里的作品《最小的孩子》(*Nesthäkchen*)里的角色一样戴上头巾，像《森林学校教授的双胞胎》(*Professors Zwillinge in der Waldschule*)里的双胞胎一样收集仙人掌。我惊讶地发现，在向叔叔、奶奶、婶婶们求来这些模仿别人生活的道具后，即使窗台上也有了仙人掌，梦醒时分我还是老样子。当然，其他打破自我的方式，比如狂欢节，结果可能会截然不同。因为在过度沉迷或滥用奢华的道具之后，你就再也认不出镜子里的自己了，正如古老的浴盐包装上的文字："我不认识你，但无论如何我都会给你洗澡。"

因此，改变自己的身份，哪怕只是表面上的，也可能会改变你的生活。即使心理学家和神经科学家格哈德·罗特等人声称，我们的性格基本会保持不变，因为人在成年后只有约20%的性格仍可塑造。根据罗特的观点，基本人格在16岁到20岁之间趋于稳定，之后只有强烈的情绪，特别是负面的事件才会影响我们性格的核心。究其原因，每个群体的存在都依赖于其成员的行为在一定程度上是可靠的和可预测的。

正如弗洛伊德所说，压抑（改变的）欲望和投射渴望也有好处，这样才能很好地度过一生。但正因为我们是如此可靠和可预测，所以我们应该定期从自我中解脱：无论是在寂静的修道院中独处，还是进行盛装派对、游戏、旅行、胡闹、跳舞或新鲜的恋爱。大约500年前，米歇尔·德·蒙田曾说过："知道光明正大地享受自己的存在，这是神圣一般的绝对完美。我们寻求其他的处境，是因为不会利用自身的处境。我们要走出自己，是因为不知道自身的潜能。我们踩在高跷上也是徒然，因为高跷也要依靠我们的腿脚去走路的。即使世上最高的宝座，我们也是只坐在自己的屁股上。"[1]

---

[1] 蒙田.蒙田随笔[M].马振骋,译.北京：中华书局，2018.

LITERATUR

参考文献

1. Werner Bartens. Das erschöpfte Ego[J]. Süddeutsche Zeitung, 2021-07-03.

2. Albert Coers, Alexander Steig, Courtenay Smith (Hg). Arbeit an der Pause[M]. Köln: Verlag der Buchhandlung Walther König, 2018.

3. Karlheinz A. Geißler. Lob der Pause. Warum unproduktive Zeiten ein Gewinn sind[M]. München: Oekom Verlag, 2010.

4. Ralf Konersmann. Die Unruhe der Welt[M]. Frankfurt am Main: S. Fischer Wissenschaft, 2017.

5. Gabriela Muri. Pause! Zeitordnung und Auszeiten aus alltagskultureller Sicht[M]. Frankfurt/New York: Campus Verlag, 2004.